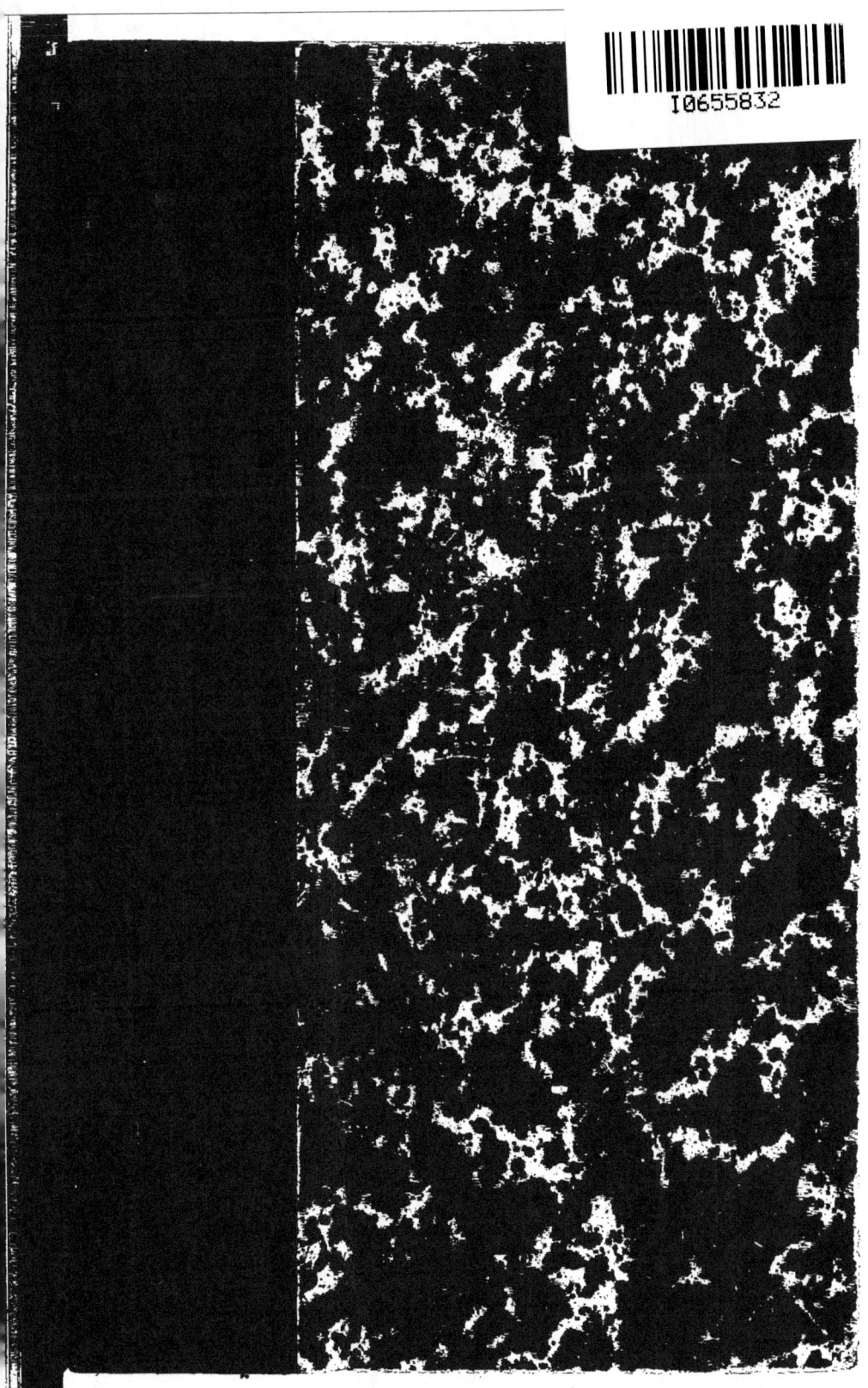

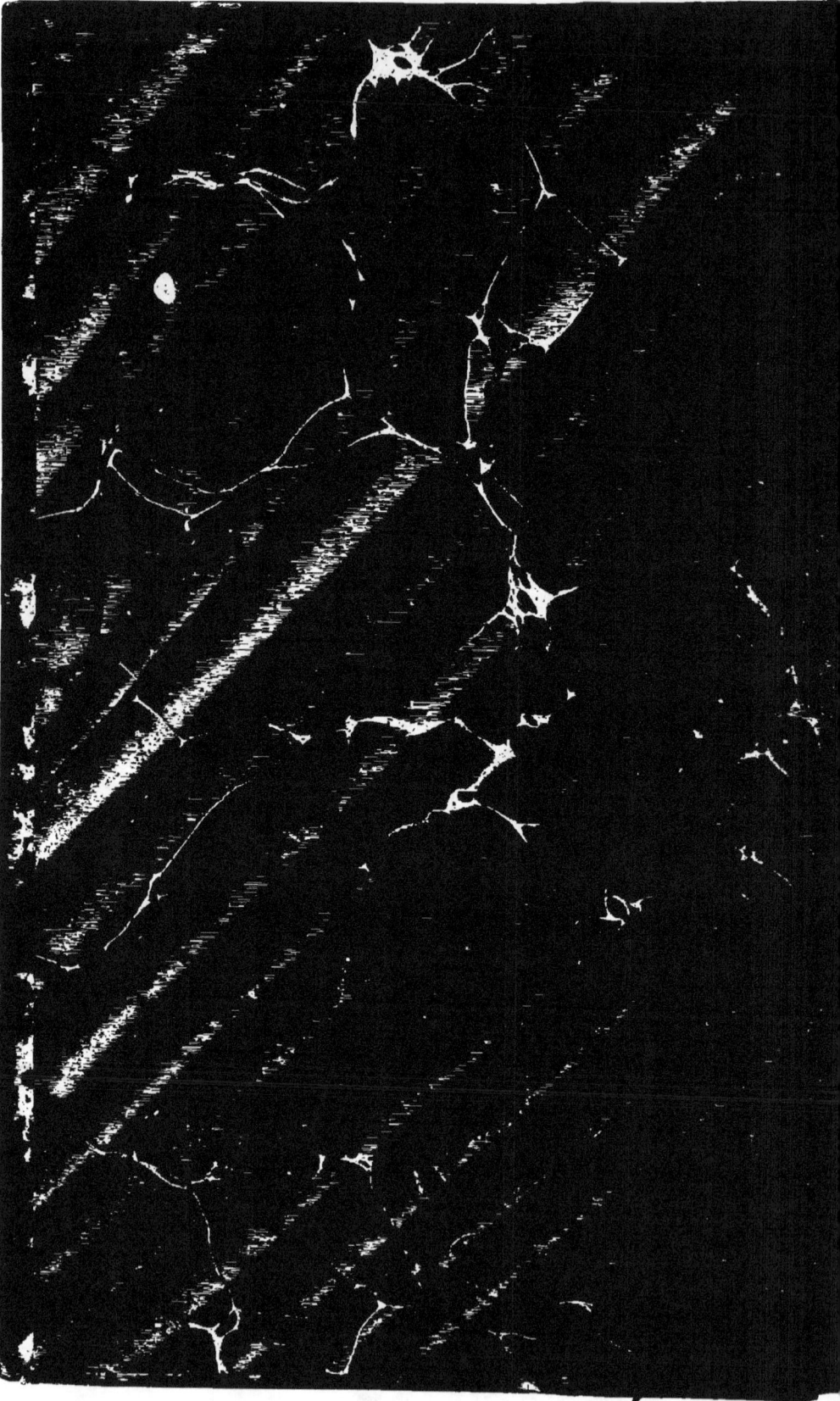

TRISTESSES

ET

SOURIRES

OUVRAGES DU MÊME AUTEUR

MONSIEUR, MADAME ET BÉBÉ, 125ᵉ édition, 1 vol.
in-18.................................. 3 fr. 50

Le même, illustré par Edmond MORIN, 1 vol.
grand in-8 jésus........................ 30 fr. »

ENTRE NOUS, 50ᵉ édition, 1 vol. in-18........ 3 fr. 50

LE CAHIER BLEU DE MADEMOISELLE CIBOT, 34ᵉ édition,
1 vol. in-18........................... 3 fr. 50

AUTOUR D'UNE SOURCE, 25ᵉ édition, 1 vol. in-18... 3 fr. 50

BABOLAIN, 29ᵉ édition, 1 vol. in-18............ 3 fr. 50

UNE FEMME GÊNANTE, 24ᵉ édition, 1 vol. in-18.... 3 fr. 50

LES ÉTANGS, 20ᵉ édition, 1 vol. in-18.......... 3 fr. 50

UN PAQUET DE LETTRES, nouvelle édition,
1 vol. in-18........................... 3 fr. 50

CORBEIL. —· IMPRIMERIE B. RENAUDET.

GUSTAVE DROZ

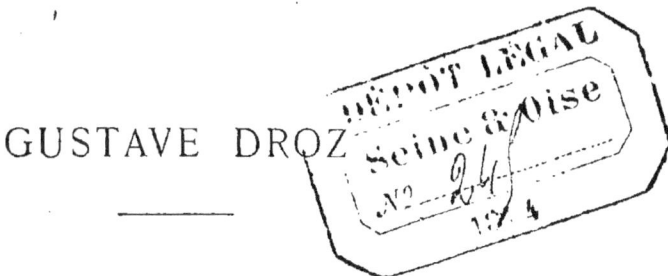

TRISTESSES

ET

SOURIRES

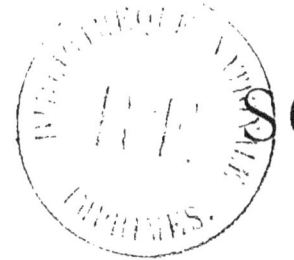

DIXIÈME ÉDITION

PARIS

VICTOR HAVARD, LIBRAIRE-ÉDITEUR

175, BOULEVARD SAINT-GERMAIN, 175

1884

A MES HÉRITIERS

En admettant qu'à ma mort les papiers contenus dans ce tiroir existent encore, mes héritiers éprouveront, j'imagine, un certain embarras, non pas seulement à déchiffrer mon écriture, qui a toujours été fort laide, mais surtout à comprendre la raison d'être et le but de ce fatras où ils pourraient bien trouver, avec des brouillons de lettres, quelque recette de cuisine égarée.

Mes bons amis, ne vous mettez en peine ; voici la chose en deux mots :

Alors que mon bien cher mari vivait encore, la soirée se terminait toujours par une petite causerie où nous rêvions ensemble dans la confiance et l'harmomie de notre vieille amitié. Ce doux bavardage du couvre-feu était comme le prélude de notre prière du soir et souvent se confondait avec elle.

Je le vois encore, assis auprès du feu, dans ce grand fauteuil rouge qui est là et regardant la flamme, tandis qu'au dehors le vent soufflait dans les arbres et que tous les échos de notre vieille demeure se réveillaient en grondant.

Heures bénies! comme nos âmes étaient proches! Dieu a rappelé à lui le compagnon bien-aimé de ma vie. Je n'ai pas murmuré; mais, depuis, j'ai trouvé la solitude du soir bien douloureuse, car mon cœur aussi bien que mon esprit avaient pris l'habitude d'être heureux à cette heure-là.

J'ai fait un gros cahier de papier blanc, et, seule, j'ai continué la causerie interrompue, sans but, sans ordre, à l'aventure. Sur la première page, j'avais écrit : Fouillis d'automne, *quoique j'eusse alors plus de soixante ans. Les cahiers se sont succédé; le fouillis d'automne est devenu le fouillis d'hiver, et, maintenant encore, tout en buvant ma camomille, la main tremblante, et les lunettes sur le nez, j'écris ce que j'aurais dû lui dire; que ne puis-je écrire aussi ce qu'il m'aurait répondu!*

TRISTESSES ET SOURIRES

I

Ils m'ont accompagnée aujourd'hui jusqu'au bout du parc comme de véritables petits gardes du corps, et avec des airs de sollicitude effarée si touchants et si comiques, qu'à chaque pas j'avais envie de les embrasser.

Ils protégeaient la vieille grand'maman qui, dans leur pensée, n'aurait pu se passer d'eux : Pierre guidait ma canne, et Louise écartait de temps en temps un petit caillou gros comme une noisette qui aurait pu me faire trébucher.

Et en approchant du *banc de grand-père* — c'était
le but de notre pèlerinage, — ils sont devenus
graves comme dans le voisinage d'un lieu béni.
Il l'est pour moi en effet, ce coin solitaire où
j'allais presque chaque jour, autrefois, alors que
j'avais des jambes et que nous étions deux.

Mais, comment ces bons petits cœurs peu-
vent-ils deviner ce que j'ai laissé là de souvenirs
tristes et délicieux ; qui les pousse à se rattacher
ainsi à ma vie ; quel intérêt, quel plaisir peuvent-
ils y trouver ?

Entre les vieillards et les petits enfants, il y a
une intimité d'une espèce très particulière et
beaucoup plus profonde qu'on ne croit. Séparés
par toute une longue vie, ils se tendent instinctivement les bras, ainsi que deux amis qui se
retrouvent. Ne semble-t-il pas que l'existence
soit un de ces anneaux brisés et flexibles dont
les deux extrémités se rejoignent naturellement
aussitôt qu'a cessé l'effort qui les séparait ?

Est-ce donc en cercle que marchent les hommes
et les mondes ? Retrouver à sa fin la trace de son
premier pas ; revenir à son lancé comme le

lièvre que les chiens poursuivent, serait-ce là toute la vie, et la suprême pensée du vieillard qui se meurt serait-ce qu'ayant tout vu il n'a rien appris?

La vieillesse, en désintéressant l'homme des luttes de la vie le dépouille de ses passions d'emprunt, lui arrache son masque, le rend à sa nature première, et pendant cet instant, qui est le dernier, le place hors de la scène, pour lui faire mieux comprendre le rôle qu'il a joué, souvent à son insu.

Si proche de la fin, l'avenir en ce monde est bien peu de chose. Le présent même échappe à la faiblesse croissante; le vieillard se réfugie dans le passé, n'ayant plus de gîte ailleurs, et il vit tout entier dans le rêve de ce qui fut, tout comme l'enfant qui vit tout entier dans le rêve de ce qui sera.

Le petit enfant et le vieillard sont deux poètes enfermés dans leur impuissance : celui-ci ne peut plus, celui-là ne peut pas encore. Voilà, je crois, le lien secret qui les réunit l'un à l'autre. Ainsi que deux prisonniers, ils regardent la vie à travers les barreaux ; non par la même fenêtre, assurément, mais ils se sentent voisins et se touchent, tout en se tournant le dos.

Comme je comprenais leurs jeux, comme j'entrais aisément dans leur fiction ! Que de bonnes heures passées en compagnie de mes chers petits poètes, l'été, sous le grand cèdre, près de la fontaine du Roi.

L'endroit est frais, il y a du sable fin et l'on est à deux pas du château. Depuis des siècles, toutes les générations d'enfants qui se sont succédé dans la famille sont venues jouer dans ce joli endroit.

Il n'y a pas que ces souvenirs d'enfance qui nous le rendent cher : sur l'une des pierres du petit monument, Jean-René d'Orchamp fit graver ces mots :

« *Le 6 août de l'an de grâce 1592, le Roy Henry*
« *but à cette fontaine.* »

Henri IV y a bu, en effet, un jour qu'il avait

grand chaud et qu'un parti d'Espagnols le pour-
suivait de fort près. Dans sa hâte à mettre pied
à terre, il écorna de sa grosse botte l'un des
pans de la margelle et, chez nous, on apprend
aux enfants à respecter comme une relique cette
pierre brisée par un roi de France.

Les premières impressions sont si profondes
que bien souvent, quand le grand vent soufflait,
j'ai cru entendre un galop lointain, et, soulevant
le rideau de ma fenêtre, j'ai regardé du côté de
la source, comme si j'allais y voir le bon roi
buvant dans le creux de sa main.

Quand mes mignons ont l'âge de comprendre
je leur raconte cette pieuse légende qu'autrefois
on me raconta.

Si Dieu a voulu que l'intimité fût pour ainsi
dire naturelle entre les vieillards et les petits
enfants, c'est sans doute pour permettre à la
grand'mère de faire naître dans les petits cœurs
qui s'entr'ouvrent, le respect du passé dont elle
est la gardienne. Elle seule sait trouver sans
effort le langage qui convient pour leur faire
aimer les choses d'autrefois. Je le sens bien à la

façon dont ils m'écoutent, bouche béante, lorsque je leur fais voir et leur explique toutes les petites reliques de mon musée.

Et tandis que je leur montre ces souvenirs, je me revois, enfant, regardant aussi dans ces tiroirs que ma grand'mère ouvrait pour moi. Elle était bien imposante, mais si bonne, que sa seule bonté lui donne dans mon souvenir comme une seconde vie.

A travers tant d'années qui me séparent de cette chère femme, elle m'apparaît dans son mantelet de soie puce, les cheveux légèrement poudrés, l'œil rendu brillant par cette pointe de rouge dont elle ne put se défaire ; je la revois presque semblable au portrait qui est en bas, traversant cette grande chambre où j'écris en ce moment et qui est devenue la mienne le jour où, le dernier survivant de ma famille étant mort, mon mari habita ce château et joignit mon nom au sien.

C'est ici que toutes les vieilles d'Orchamp achèvent de vivre, sous le baldaquin de ce vieux lit seigneurial qu'elles rendent leur âme à Dieu ;

c'est vers ce christ en ivoire jauni qu'elles adressent leur dernier regard et leur dernière pensée.

Pauvre grand'mère ! Elle ouvrait le cabinet italien qui est là et, de ses belles mains maigres et blanches, recouvertes de mitaines noires, elle prenait un à un les bijoux qui y étaient contenus, en disant de son grand air : « Enfant, ne touchez pas. »

C'était l'épée de mon aïeul, toute petite, à lame triangulaire et pointue, méchante et coquette dans son fourreau de peau de serpent. La garde est encore ornée de sa petite écharpe décolorée.

C'étaient les jolies miniatures représentant mes tantes en costume d'apparat.... Et le billet de la Reine enfermé dans un sachet de satin blanc. Marie-Antoinette adressait ces trois lignes à Louis d'Orchamp, la veille du 10 août, et le brave gentilhomme paya de sa tête l'honneur de les avoir reçues. Puis venaient les médaillons, les mèches de cheveux, les croix de Saint-Louis, les boîtes à mouches en or ciselé et tout un amas de saintes vieilleries.

A chacun de ces objets, elle me racontait avec recueillement une petite légende d'autrefois, mystérieuse, colorée, qui, je ne sais pourquoi, me mettait les larmes aux yeux; et il me semblait après cela que notre vieille demeure se peuplait de fantômes dont le sourire me rendait fière et me faisait un peu peur. C'est la chère femme qui m'apprit à aimer et à respecter ceux qui m'avaient précédée dans la vie, qui m'apprit aussi à songer à eux chaque jour.

Elle me faisait agenouiller près de sa bergère à oreillettes pour dire ma prière et, répétant ses paroles, je terminais toujours par ces mots : « Et bénissez, mon Dieu, ceux qui ne sont plus. »

Ceux qui ne sont plus, elle les avait connus, aimés, et c'est pour cela sans doute qu'elle était parfois si triste. Par son grand âge, par ses façons et sa mise, n'était-elle pas l'image vivante et sainte de ce passé merveilleux ? N'était-elle pas l'intermédiaire directe entre le ciel et nous ?

Je me suis efforcée de transmettre à mes enfants et petits-enfants le respect que j'avais moi-même pour le passé de ma famille, qui est aussi le leur

et doublement, puisque mon mari a voulu qu'ils
en portassent le nom. Mais sûrement ils ne gar-
deront pas de moi le souvenir profond et religieux que m'a laissé ma grand'mère. Outre que
mes mérites ne sont pas à la hauteur des siens,
les mœurs et les idées ont terriblement changé
depuis que je suis au monde. Le caractère sacerdotal de la paternité s'est effacé peu à peu, du
consentement des deux parties, car tout se vote
et se discute à l'heure qu'il est. On s'est habitué
à penser que la tendresse suffisait à tout et l'on a
considéré le culte de la famille comme un costume d'apparat inutile et gênant. Pour protester
contre une hiérarchie dont on ne comprenait
plus la grandeur sociale, on est tombé dans
l'abandon des idées égalitaires et le laisser-aller
de la camaraderie; un souffle d'indépendance et
de familiarité a tenu la place des respects et des
pieuses contraintes d'autrefois.

Eh! mon Dieu, moi-même que les mœurs
nouvelles indignent si fort, n'en ai-je pas subi
l'influence comme tout le monde? Est-ce que je
n'ai pas à certaines heures trouvé délicieuses ces

tendresses intimes, ces douces câlineries dont je vois si bien chez les autres l'abus et le danger ? Est-ce que je n'ai pas eu pour mes enfants toutes les faiblesses que théoriquement ma raison réprouvait ? Est-ce que je n'ai pas été la très humble servante de ma chère marmaille, sans souci de ma dignité d'aïeule et de bisaïeule, toute prête à la remercier si elle se laissait caresser et dorloter à ma guise ?

Oui, sans doute ; et mes vieilles mains redevenaient agiles pour nouer et dénouer les cordons, enfiler les brassières et ajuster les petits bonnets. Maintenant encore, j'éprouve une joie infinie à ce tatillonnage de nourrice, tandis qu'il me vient des pudeurs et des timidités indécentes en songeant que cela pourra peut-être porter ombrage, que le rôle de petite maman n'est plus de mon âge, que certains baisers veulent de jeunes lèvres et que ces enfantillages, ces effusions, sont des roses qui ne vont plus à mes cheveux blancs.

Quoi qu'on dise et qu'on fasse, on est toujours de son temps, et le ciel a voulu que je fusse de plusieurs temps à la fois. On ne choisit pas l'heure de sa naissance.

J'ai dans mon pauvre esprit, — rien ne m'est plus douloureux que de l'avouer, — j'ai les troubles et les contradictions qui divisent le monde.

Après avoir prié Dieu dans toute la ferveur de ma foi, je philosophaille comme la vieille d'Houdetot qui était une païenne ; ou bien je bavarde à me croire un convive de la table d'hôte tenue par la Geoffrin.

Quand je lis Bossuet, l'émotion me gagne comme si Dieu parlait ; je suis de tout mon cœur avec le comte de Maistre, et, dans d'autres moments, j'ai trouvé qu'Helvétius n'était pas un sot et que Voltaire avait parfois des séductions.

Je déteste cette science moderne qui, n'ayant la clef de rien, veut pourtant remplacer tout ; je maudis l'esprit d'analyse et de critique qui, après avoir dépouillé l'édifice, menace de le réduire en cendres... et cependant la science m'attire,

j'en suis curieuse, je discute avec mon docteur,
je me chamaille avec lui pendant des heures, je
parle son langage pour lui prouver qu'il parle
mal et j'use, moi aussi, de critique et d'analyse
pour démontrer que ce sont là deux fléaux.

Quand j'ai vu la monarchie française descendre de son trône sacré et se promener dans les
rues, j'ai rougi de honte; mais, en vérité, n'avons-
nous pas tous fait comme elle; n'avons-nous
pas tous travaillé à ce bouleversement, à cet
émiettement du vieux monde, à cette prostitution
de nos grandeurs passées!

II

Dieu ne commet pas d'erreurs, n'a pas de défaillances, et les cataclysmes eux-mêmes, qui nous semblent être le bouleversement des lois naturelles, en sont au contraire l'inévitable sanction.

Les révolutions sociales ne sont pas plus des fantaisies du hasard que l'éruption d'un volcan n'est un accident arbitraire ; nous en convenons volontiers lorsque, désintéressés des faits par leur éloignement, nous avons le loisir d'en observer l'ensemble, d'en entrevoir les causes et les conséquences.

Notre jugement est comme ces phares dont l'éclat n'apparaît qu'à trois lieues de la côte : ce n'est qu'à distance et de fort loin que nous voyons les choses un peu clairement.

Un philosophe, haut monté, estime qu'en lisant l'histoire on rencontre des siècles que l'on voudrait supprimer tout entiers.

Cela est juste, mais si l'on pouvait contempler sa propre vie, étalée devant soi, que d'heures on affacerait aussi! que de pensées, que de paroles nous avons émises autrefois et dont nous ne nous souvenons plus, mais qui, recueillies par une autre âme ou restées dans la nôtre, y ont germé comme germe une semence oubliée!

Notre passé court sur nos traces et nous atteint toujours, mais lorsqu'il nous met la main au collet, ne le reconnaissant pas, nous crions au guet-apens. Hélas! c'est nous, le plus souvent, qui avons semé la graine dont la plante nous empoisonnera. Car rien ne se perd, pas plus dans le monde physique que dans le monde moral.

De ce qu'une idée échappe à l'analyse de nos sens, nous lui refusons une existence réelle, et, ne sentant plus son influence, nous la croyons rentrée dans le néant, mais lorsque le vent a cessé, nous ne sentons pas non plus l'air qui nous fait vivre; est-ce à dire que cet air n'existe plus?

Il y a aussi une atmosphère morale et les éléments infinis qui la composent sont les idées de chacun. Non pas que ces idées conservent alors leur caractère personnel et restent ce que nous les avons conçues; elles se mêlent au contraire, s'enchevêtrent, se combinent et, sous l'influence d'affinités qui nous échappent, se confondent en un ensemble où nous puisons la vie.

Les âmes, comme les poumons, aspirent et exhalent dans cette atmosphère qu'elles alimentent et dont elles vivent. On maudit son temps, on le déteste, mais on ne peut s'en abstraire.

S'il nous indigne si fort, ce milieu qui est nôtre, c'est qu'il nous pénètre plus intimement, et que, instinctivement, nous nous sentons plus ou moins solidaires des laideurs qu'il produit.

Qui donc, à son insu, n'a pas un peu bercé le monstre, alors qu'il était tout petit?

Louis XIV lui-même n'a-t-il pas porté le premier coup à la monarchie en légitimant ses bâtards ?

M. de Voltaire se doutait-il qu'il faisait œuvre démocratique ? La démocratie, de son côté, a-t-elle conscience de préparer toujours un Bas-Empire ?

Quel est donc le peuple qui ne mérite pas un peu le gouvernement dont il se plaint ? Quel est l'homme qui puisse s'écrier en toute justice : « J'ai le droit de me venger. »

Les responsabilités ne sont pas toujours où nous croyons les voir et je m'attends à bien des surprises au jour du jugement. Les choses de ce monde sont troubles pour nos yeux; nous ne distinguons un peu clairement que notre intérêt le plus immédiat, le plus étroit, et nous lui sacrifions tout. La plupart des hommes, s'ils étaient omnipotents, anéantiraient tous les insectes de la terre pour un moucheron qui leur est entré dans l'œil et supprimeraient le soleil pour éviter la transpiration.

A juger les choses ainsi, le nez dans l'ornière, il est sûr que la création apparaît comme une

monstruosité et je ne m'étonne pas qu'ils se révoltent, ceux qui ignorent « cette douce lumière
qui brille dans les ténèbres de l'âme comme la
clarté d'une lampe d'or dans l'obscurité du sanctuaire », cette douce lumière qui est la foi sincère en une raison divine supérieure à la nôtre.

A certains jours comme celui-ci, où le froid,
la neige et le grand silence me poussent au plus
intime de moi-même, je me surprends des trésors d'indulgence que je n'aurais pas supposés.
Ce n'est pas charité; c'est justice. Plus le mal
me paraît haïssable, moins je me sens en droit
de juger les méchants. — Et cependant je fus
autrefois furieusement soupe au lait; comme on
change en vieillissant! Vous rappelez-vous cette
pensée de Chateaubriand?

« La vieillesse est une voyageuse de nuit; la
« terre lui est cachée, elle ne découvre plus que
« le ciel brillant au-dessus de sa tête. »

Eh bien, oui, je m'en vais les yeux en l'air.

De peur de l'oublier, je veux écrire ce qu'il

m'a dit ce soir en buvant son café à toutes petites
gorgées, fort espacées les unes des autres. C'est
sa façon de ponctuer sa causerie, et il le fait
avec une finesse et une coquetterie instinctives
qui sentent le vieux temps. Il boit son café
comme mon mari prisait, délicieusement; cela
m'a souvent frappée.

L'abbé d'Ouquenay, qui est mon cousin, me
racontait donc en souriant les ennuis écœurants,
que suscita au curé de notre paroisse un certain
imbécile enrichi qui échoua, il y a quelques années, dans ce pays où il espère, dit-on, devenir
homme politique comme esprit fort et spécialiste
en impiété.

— Et ce vaurien arrivera, j'en jurerais, vous
verrez cela, l'abbé.

— Cela est possible, ma cousine; Dieu a ses
desseins.

Et avec une naïveté fort piquante, lorsqu'on
le connaît, car en sa qualité d'ancien diplomate
ecclésiastique, il est fin comme l'ambre, tout en
étant bon comme le pain, il poursuivit :

« Nous rencontrons tous les jours de vilains

petits animaux qui nous paraissent nuisibles et qui, en réalité, sont d'une extrême utilité..... l'étude des bêtes cause de grandes surprises.

— Vrai Dieu, vous me faites sauter en l'air avec votre placidité.

— Oh! baronne, rendez-moi donc la pareille; il y a si longtemps que je ne peux plus sauter en l'air! »

Et il se mit à mâchonner un sourire en donnant nombre de pichenettes sur sa manche. Tout à fait le baron quand il disait quelque malice. Il est vrai qu'on se ressemble de plus loin : mon mari et l'abbé étaient petits-fils du même grand-père.

— Mais enfin, à quoi est-il bon, cet émeutier, lui dis-je ?

— Ah! voilà, je ne sais pas encore; il a le bon côté très secret.

— Eh bien, moi, je suis plus énergique que vous, » il me salua imperceptiblement, « oui vraiment, je suis plus énergique que vous : je comprends la vengeance lorsqu'il s'agit de ces êtres malfaisants. Vous aurez beau dire, l'abbé, une

des joies les plus vives de ce monde est encore
de préparer la broche pour faire rôtir un ennemi,
de disposer le plat, d'aiguiser le couteau et de se
sentir en appétit.

— Oui, chez les sauvages qui ont de bonnes
dents, » et il mit un nouveau morceau de sucre
dans sa tasse.

— Au premier coup de fourchette il y a peut-
être, en effet, de grandes désillusions... que ne
pardonnerait-on pas pour s'éviter la fatigue de
haïr et le dégoût de manger quelqu'un que l'on
n'aime pas... Le mal ne vous indigne pas, cela
vaut peut-être mieux.

— Que diriez-vous d'un médecin qui se met-
trait en colère à la vue des maladies ? Les méchants sont nos malades, à nous autres prêtres,
et nous ne pouvons décemment maudire notre
clientèle ; » puis, s'assombrissant un peu :

« Voyez-vous, ma chère baronne, la plupart
des fureurs humaines sont des souffrances ina-
vouées et la bave qu'on crache aux autres vient
toujours d'une plaie dont on souffre.

Il faut être bien habile pour soigner ces plaies

morales qui s'enflamment lorsqu'on les regarde et que l'on peut rendre mortelles en les touchant.

Dites à l'un de ces hommes qui ont ensanglanté le monde qu'il est un monstre vomi par l'enfer; il n'en sera pas indigné et même, cette condamnation qui le met hors de pair, le rehausse à ses yeux et ne lui déplaît pas; mais n'allez pas lui rappeler la cause secrète qui le poussa au crime; la piqûre d'épingle, le froissement d'amour-propre, le mouvement de jalousie, le petit rien qui décida de sa vocation; il recommencerait sur l'heure ses massacres pour prouver qu'il est grand.

On se défend bien plus ardemment d'une faiblesse que d'un crime. Une faiblesse rend ridicule; un crime rend odieux, simplement, et encore il se discute.

Tel homme qui admet qu'on le considère comme un monstre redoutable ne consentira jamais à passer pour un sot. Eh, mon Dieu! n'est-ce pas le plus souvent pour cacher une sottise qu'il a commis des infamies? L'homme

est ainsi fait qu'il aime mieux se rendre haïssable
que de laisser voir qu'il est déplaisant.

C'est en écrivant un poème épique, ajouta-
t-il discrètement, que l'on cherche à cacher l'insuffisance de sa prose.

— Vous êtes effrayant, mon cousin.

— Et pourquoi, baronne ; ne savez-vous pas
depuis longtemps qu'un petit courant d'air, gros
comme rien, peut causer une fluxion de poitrine
mortelle, et que par conséquent, pour éviter la
mort, il suffit le plus souvent de fermer ses portes
et de mettre une cravate ? Rien de plus consolant
que cette pensée-là.

L'hygiène et l'attention sont deux bonnes
petites bêtes à atteler au carrosse. On ne court
pas la poste, mais on ne verse pas non plus dans
les fossés, et, tant bien que mal, on arrive au
ciel.

— Quand on sait le chemin ?

— Oh! mon Dieu, c'est en face, il suffit d'aller
tout droit. »

Il parle de tout cela avec la légèreté d'un saint,
ce bon ami!

L'autre soir, comme je m'échauffais beaucoup
à propos de récits abominables dont le journal
était plein, il prit en souriant la carafe et me ver-
sant un grand verre d'eau :

— Buvez lentement, baronne, et réfléchissez
un peu avant de foudroyer ces coquins-là ; il y
en a dans le nombre qui méritent votre pitié. On
ne se précipite pas dans le vice avec prémédi-
tation, voyez-vous bien ; on y descend par un
joli petit sentier qui serpente coquettement et
l'on se trouve au fond sans presque s'en douter.

Quand une infamie petite ou grande veut pénétrer dans l'âme d'un homme, elle ne se fait
pas annoncer par son nom comme un personnage de distinction. Tout au contraire, elle
prend discrètement l'escalier de service, soulève
sans bruit la tapisserie et attend dans l'ombre
qu'on l'invite à s'asseoir. C'est en excitant votre
curiosité qu'elle vous intéresse d'abord et, plus
tard, lorsqu'elle se dévoile, l'étrangeté de sa laideur vous fait oublier sa laideur même.

C'est ainsi que les chimistes ne remarquent
pas la puanteur des corps qu'ils analysent.

Nous avons pour nos fautes des indulgences
d'auteur; nous sommes comme ces pères qui
exhibent le monstre qu'ils ont mis au jour.

« Ils vous paraît affreux », disent-ils, « parce
que vous le voyez pour la première fois, mais
comment le serait-il pour moi qui l'ai bercé dans
mes bras ? »

On n'a jamais bercé dans ses bras la faute du
voisin; on a toujours bercé plus ou moins la
sienne.

Buvez lentement, ma cousine.

L'abbé vous dit ses pensées d'une façon si
piquante et aisée qu'elles vous deviennent tout
de suite familières; il a l'art de vous faire pénétrer dans son cœur si simplement qu'on s'y trouve
comme chez soi. Et puis il a le tour d'autrefois,
prend les mots dans leur vieux sens et tourne ses
phrases à notre mode.

Il est de mon temps; il a vu les mêmes choses
que moi, étant mon aîné de deux ou trois ans

tout au plus. Nos cheveux ont blanchi ensemble, quoiqu'il ait été difficile de le constater, car il conserva jusqu'à la dernière limite du possible l'usage de la poudre et il fut le dernier Français qui ait porté la queue et les ailes de pigeon. A mon mariage, il m'embrassa la main comme on savait le faire alors, et si joliment que mon mari en eut les larmes aux yeux. Ce fut lui qui baptisa mon fils aîné, et il trouva moyen de lui mettre si peu de sel sur la langue que l'enfant ne poussa pas un cri. Ces choses-là ne s'oublient pas.

Pendant quinze ou vingt ans il remplit à la cour papale des fonctions diplomatiques qui mirent en évidence ses rares talents; mais ce qui le peint bien, c'est qu'au moment où une haute dignité ecclésiastique allait récompenser ses services, il revint tout à coup en France et s'enferma dans son petit manoir de Sourieul, qui est à une lieue d'ici. Il est en toute vérité la Providence du pays, et riches ou pauvres l'aiment également. Il a conservé de son séjour en Italie le rare mérite de rester prêtre sans cesser d'être gentilhomme. Je ne serais pas surprise qu'il fût austère dans sa

2.

vie privée, mais il n'en fait pas parade, et s'il
n'y a pas de martinet dans sa poche, il a dans le
cœur toutes les bontés et toutes les indulgences ;
dans l'esprit, toutes les délicatesses. Il est le plus
soigné des monsignors et le plus sûr des amis.
Cependant on lui a reproché comme un crime
d'avoir de l'esprit ; mais, en vérité, pourquoi la
vertu serait-elle sotte ? Un bout de toilette ne
messied à personne, et parce qu'on est meilleur
que les autres, ce n'est pas une raison pour les
faire fuir par le désobligeant de son extérieur.
Autrefois, les vertus véritables étaient courtoises,
ce me semble ; on les voyaient trottinant par la
ville en toilette honnête et soignée ; elles sou-
riaient au monde ; on les saluait et elles répon-
daient ; quelqu'un faisait-il un faux pas ? elles
traversaient la rue sans vergogne et le relevaient
gaîment.

Mais à l'heure qu'il est, où l'on ne sait plus
sourire, on n'aime pas les gens souriants. Les
esprits forts sont graves, — tout comme l'âne
dont c'est une des spécialités, — il leur faut des
vertus de leur force, austères, scientifiques, rour-

nant à l'abstrait, perchées assez haut pour excuser ceux qui n'y veulent pas atteindre et empêcher les autres de le tenter.

Ces vertus d'apparat ressemblent à ces gros billets de banque qui permettent à certains de ne pas payer leurs menues dettes, sous prétexte qu'ils n'ont pas de monnaie. A ces vertus officielles, je préfère les qualités modestes qui ne sont que des pièces blanches, il est vrai, mais ont un cours plus aisé.

L'abbé, à qui je disais cela, se caressa le menton pendant un instant, et ajouta :

— Ce n'est pas tout ; les qualités qui tournent mal n'arrivent jamais qu'à faire des défauts, tandis que les vertus qui s'emportent dans les landes de la quintessence, peuvent fort bien devenir des vices abominables.

— Je ne suis pas absolument certaine de vous entendre, lui dis-je, pour le taquiner un peu, — c'est ma façon de le mettre en beauté, — qu'est-ce que cette métamorphose des qualités en défauts ; qu'est-ce que ces vertus et ces vices qui s'emportent dans des landes comme de jeunes chevreaux ? quelle cuisine nous faites-vous là, mon cher cousin ; il me paraît que vous confondez tout ensemble ?

— Je vous prie d'agréer mes excuses, mais je n'ai pas du tout dit que le bien et le mal fussent même chose; j'entends seulement que fort souvent ils ne sont séparés l'un de l'autre que par l'épaisseur d'une intention.

— Eh bien, mais c'est un mur cela ?

— Pour Dieu c'est un abîme, mais lui seul connaît exactement nos intentions. Qui nous dira, par exemple, le moment précis où l'économie devient de l'avarice, où la dignité se transforme en orgueil, la bonté en faiblesse...., qui nous dira le moment précis où la plus spirituelle des baronnes commence à se moquer d'un membre du clergé ?

— Ce moment-là est précisément celui où le plus railleur des ecclésiastiques prête ses propres malices à la moins malicieuse des baronnes.

— Mais cette baronne, pour être moins malicieuse que d'autres, l'est peut-être encore beaucoup.

— Elle ? Ah ! grand Dieu ! C'est la candeur même.

. — Vous la connaissez ?

— Comme je me connais.

— Ce sont de simples relations ?

— Vous êtes bien bon... Sucrez-vous donc un peu davantage, mon ami.

— Après vous, madame la baronne.

— ... Simples relations, comme vous le dites. Assez intimes toutefois pour que cette aimable femme.....

— Oh ! permettez que je chasse un moucheron qui va vous entrer dans l'œil.

Et le plus gravement du monde, il se souleva et fit le geste de chasser un insecte.

— Il faut bien prendre garde à ces piqûres, reprit-il avec bonhomie. Mais je vous ai interrompue ; vous disiez que cette aimable femme...

— Je disais que cette adorable amie m'a confié ce qu'elle pensait au sujet d'un certain abbé...

— De ce vilain abbé dont il était question il n'y a qu'un instant ?

— Précisément.

— Et elle vous a confié qu'il était ?...

— Qu'il était un saint.

— Mais alors c'est de moi qu'il s'agit. Je ne connais personne qui puisse...

— Ah cousin ! prenez garde à votre œil.

— Votre moucheron qui m'arrive ?

— Non pas ; qui vous revient.

Il éclata de rire et moi aussi.

— Je suis une vilaine femme, pas vrai ?

— Je n'ai pas remarqué.

— Vous êtes honnête, monsignor. Eh bien, moi, j'ai remarqué que j'avais des défauts sans nombre, infiniment plus que de cheveux... j'entends mes blancs, ceux qui sont sous ma perruque ; et ce fourré de défauts m'incommode énormément. Cependant depuis bien des années j'élague, j'arrache, je...

— Mauvais système, baronne : en élaguant, on active la végétation ; en arrachant, on... on se réduit à rien.

— Vous êtes un vrai bouquet d'épines ; continuez, de grâce.

— Mais j'ai dit *on*, baronne... ma chère dame j'ai dit on.

— Eh bien, on, c'est tout le monde ; je suis parcelle de ce on ; ce on, c'est moi.

— A ce compte, j'en suis également.

— Il ferait beau voir que vous n'en fussiez pas, et me laissassiez seule en cette compagnie ! Mais poursuivez, je vous en prie ; il est donc convenu qu'en arrachant nous nous réduisons à rien...

— Hélas oui, il y a de grandes chances pour cela. Rien n'est absolument pur dans notre pauvre âme ; la perfection humaine n'est pas d'être parfait, baronne, mais simplement de croire qu'on pourra mériter de l'être plus tard et ailleurs. Ce que nous appelons ici-bas vertu n'est que le reflet pâle et terni de la vérité de Dieu qui n'est pas de ce monde. Bien connaître ses défauts, c'est être un homme extraordinaire ; vouloir les supprimer, c'est être un fou.

— Mais que faut-il en faire, sans indiscrétion ?

— Les redresser de son mieux et tâcher de s'en servir. Il y a une foule d'imperfections dont

on peut tirer parti lorsqu'on a su leur trouver
un manche et que l'on a le désir du bien.

Mieux vaut, en somme, vivre avec quelques
durillons au pied que d'avoir la jambe coupée...
D'autant plus qu'après l'amputation on souffre
encore de ses durillons, à ce qu'assurent les
vieux militaires.

Il ne faut pas s'éplucher jusqu'au sang, se
brosser jusqu'à la corde et prendre pour des
souillures les poils de son habit. Rêver uniquement l'exquis et le poursuivre avec archarne-
ment, c'est fort bien, mais il y a mieux à
faire.

— Et quoi donc?

— Devenir passable, tout simplement. Les
imperfections ne sont pas un obstacle à bien
vivre; il me semble même qu'un bon petit
défaut, dont on connaît le fort et le faible, peut
devenir un excellent conseiller; si toutefois on
est assez modeste pour écouter ses avertisse-
ments : « Ne saute pas ce fossé; tu y tombe-
« rais encore, et tout le monde se moquerait de
« toi. »

Voilà ce que murmure le défaut et ce qu'il est salutaire d'entendre.

— En un mot, vous sauvez les gens par la crainte du ridicule ?

— Ce n'est pas le plus noble des mobiles humains, je vous le concède, mais il ne faut pas trop regarder à la limpidité du remède qui nous soulage. Le bâton est tordu ? Qu'importe, s'il nous aide à marcher.

— De sorte que si le diable en personne m'offrait son bras pour me conduire au paradis et me menait en effet jusqu'au seuil...

— Il ne fera pas cela, baronne, et vous irez sans lui, mais s'il le faisait, il faudrait remercier ce vaurien : une politesse en vaut une autre, comme on dit.

Cela me rappelle une observation du baron. Je le vois encore, assis sur ce banc, jouant avec sa tabatière ronde et me disant :

« Mon cher cousin, j'ose croire qu'à un cer-
« tain point de vue, l'homme est un pot... un
« pot dont la vanité est l'anse. Et je m'imagine
« que si Dieu a mis cette anse en évidence, c'est

« pour indiquer clairement par où il faut pren-
« dre le pot pour le retirer du feu ou le sauver
« de quelque accident. »

Je suis obligé de convenir qu'il y a beaucoup
de vrai dans ces paroles. J'ai souvent usé pour
les autres et... pour moi-même de cette anse précieuse. L'un de ses grands mérites est de ne
jamais rester dans la main.

Que de gens ne doivent la belle santé de leur
vieillesse qu'à une légère infirmité qui les a ren-
dus prudents toute leur vie! Le petit défaut dont
on a conscience est, lui aussi, une infirmité qui
peut vous donner la santé. On est souvent main-
tenu dans le bon chemin par une ornière. Ce
défaut est une espèce de diable gardien que l'on
écoute parfois plus volontiers que l'ange. Et cela
se comprend, ma chère baronne. Notre bon ange
est revêtu d'un caractère pour ainsi dire officiel
qui nous en impose. On fait un bout de toilette
pour lui ; on le reçoit au salon ; il parle le pur
langage de là-haut, le bon ange, et l'on choisit
ses mots pour lui répondre.

Avec l'autre, au contraire, aucune cérémonie ;

on bavarde en robe de chambre ; il connaît nos corridors, entre sans frapper ; il a les privilèges du valet de chambre intime, les familiarités d'un ami de trente ans.

III

Nous avons eu ce matin la procession des Rogations. La chapelle du parc s'est ouverte et le curé de la paroisse y a dit la messe, comme il le fait à deux ou trois grandes fêtes de l'année. Dans mon enfance, le chapelain y officiait chaque jour et, le dimanche, les fermiers, les domestiques, les voisins y venaient avec plaisir; on priait le bon Dieu en famille et de la sorte on apprenait à se connaître et à s'aimer.

On aura beau dire, il y avait alors dans le monde plus de cordialité, et le respect des hié-rarchies sociales ne nuisait nullement à l'estime mutuelle que les braves gens avaient les uns pour les autres.

Sous le petit porche que je n'ai jamais voulu faire réparer, quoiqu'il soit bien vermoulu, il y a encore le banc de pierre où j'ai vu ma grand'-mère s'asseoir après l'office. Nicaise y étalait d'abord un petit tapis, ouvrait le grand sac rouge et la douairière distribuait ses aumônes : elle ne donnait pas seulement de l'argent, elle donnait aussi des conseils, de bons sourires, distribuait des remèdes, elle tendait la main aux vieillards, embrassait les enfants et arrangeait bien des affaires avec une bonne parole.

Elle autorisait les plus malheureux à venir au château manger la soupe que l'on distribuait trois fois par semaine. C'était moi, ce jour-là, qui servais les pauvres et je considérais cela comme un devoir et comme un honneur.

Il y avait de bonnes choses dans tous ces vieux usages qu'un souffle de haine a chassés.

Pour moi, lorsque je me retrouve assise dans le vieux banc de notre chapelle, où tous les miens sont venus prier, que j'aperçois dans les nervures de la voûte les armes des d'Orchamp, échappées par miracle à la pioche des enragés, mes yeux s'emplissent de larmes.

On dirait qu'ils m'appellent, les chers morts, et je sens que le moment est proche où je retournerai vers eux.

Et vous disparaîtrez aussi bientôt, pauvres pierres sculptées par les mains d'un autre âge; nous sommes, vous et moi, des épaves du passé et le présent a honte de nous.

Cependant beaucoup de paysans croient encore que la bénédiction de Dieu ne peut pas nuire à la récolte, de sorte que, l'habitude aidant, il y a beaucoup de monde à cette procession champêtre du premier printemps.

Les vieilles femmes surtout y viennent de fort loin, vêtues de leurs grands manteaux noirs à capuchons plissés, coiffées de leur hennin, qui n'a pas changé depuis le XIVᵉ siècle.

Les vieillards de notre province sont généralement beaux : certains de ces vieux visages ont quelque chose de calme et de noble que l'on ne retrouve plus du tout dans cette jeunesse émancipée qui, ne respectant plus la dignité d'autrui, a perdu du même coup le sentiment de la sienne.

D'ailleurs, rien de plus charmant pour les yeux, de plus consolant pour le cœur que cette croix d'argent étincelant au soleil matinal et se détachant sur le fond bleu du ciel.

La brume laiteuse voile encore l'horizon, l'air est encore embaumé des senteurs de la nuit, et dans cette verdure de mai si tendre et si pure, la soutane rouge des enfants de chœur, l'aube blanche des prêtres semblent des fleurs jetées sur la prairie.

Tout cela est frais, virginal, joyeux; c'est la jeunesse d'une nouvelle année à laquelle le bon Dieu sourit.

A quelques pas de la chapelle, j'ai aperçu le cabriolet du docteur Ferou se rendant au château et une malice m'est venue à l'esprit.

J'ai dit à Julie de rejoindre bien vite mon Esculape, en coupant au plus court par le sentier et de me l'amener sans tarder.

Cinq minutes après, Ferou arrivait au grand

trot et descendait de sa voiture juste au moment
où la procession s'ébranlait en chantant. Comme
il hésitait à m'aborder, car il est esprit fort au
dernier point, je lui fis signe d'approcher.

— Vous avez à me parler, madame la baronne, me dit-il avec un un certain embarras;
qu'est-il donc arrivé?

— Chut, Ferou, chut! je vous conterai cela
tout à l'heure; votre bras, je vous prie, je ne me
sens pas très bien.

De sorte qu'il a suivi la procession jusqu'au
petit pont. Et comme il y a là une croix de
pierre devant laquelle on s'agenouille pour recevoir une dernière bénédiction, il a dû faire
comme tout le monde.

Le diable, surpris sans parapluie par une averse
d'eau bénite, n'aurait pas eu une physionomie
plus comique que la sienne, et j'ai été prise
d'une telle envie de rire que j'en ai prié tout de
travers.

— Mais enfin, que me voulez-vous, madame
la baronne? s'est-il écrié, lorsque nous avons été
seuls.

— Rien d'extraordinaire, mon ami; en apercevant votre cabriolet, j'ai cru comprendre que vous me cherchiez et je vous ai fait savoir où j'étais, voilà tout. Vous y avez gagné une bonne petite bénédiction qui vous a réchauffé, car vous êtes tout rouge.

Il a fini par rire, car il n'est pas foncièrement sot. Je sais bien qu'il me fera payer cette plaisanterie et qu'un de ces matins, en me tâtant le pouls, il lancera dans mes parterres quelque pavé, mais qu'importe! Au fond, je ne déteste pas ces discussions; cela me fouette le sang.

Ferou, d'ailleurs, n'est pas un méchant homme : il a bon cœur et il faut lui en tenir compte, quoique cela tienne, assure-t-il, à un goût qu'il a pour les matières azotées.

Il rend sa femme heureuse, adore ses petits, paye ses contributions et soigne ses malades avec dévouement.

On le dit savant et je ne serais pas surprise

qu'il le fût : fils d'un brave vigneron que j'ai
connu, il a débuté par l'école des frères et il est
arrivé à force de travail et de volonté. Malheureusement il a un défaut qui pour moi est capital : il est d'une impiété hors ligne.

Ce n'est pas seulement qu'il ait déclaré la
guerre à la Providence et au vieux monde ; c'est
pis ! il les a vaincus radicalement.

C'est là sa gloire, ce sont là ses titres de noblesse et c'est pour cela, je crois, qu'il n'en admet pas d'autres.

Il sait d'ailleurs que l'incrédulité est une foi
qui, veut du temps pour se généraliser ; il a des
égards pour les retardataires qui ne sont pas
encore convertis, et lorsqu'en sa présence je fais
appel à la Providence — je n'y. manque pas,
naturellement — il reste assez calme. Je vois
seulement à la gravité compatissante de son
regard qu'il cherche dans sa tête à quel endroit
il faudrait appliquer le sinapisme pour me dé-
gager de ces idées-là.

Je le répète, il est bon... grâce aux matières
azotées.

Entre nous, ce qui a perdu la Providence dans l'esprit de Ferou, c'est qu'elle est mystérieuse, car personnellement il n'a que cela à lui reprocher. Dieu lui aurait dit simplement : « Ferou, voilà mon plan, » qu'il eût fait des concessions ; mais point... Dieu a malheureusement gardé le silence.

Or, depuis que le docteur a pris la Bastille, il ne veut plus qu'on lui cache quoi que ce soit.

Il est vrai que, grâce à la destruction définitive de l'incompréhensible, l'humanité entre triomphalement dans l'ère de l'indépendance et de la raison.

C'est entendu.

Le monde, qui jusqu'à présent tournait bêtement à gauche, faute de direction, reconnaît son erreur et va se mouvoir à droite ; c'est décidé. Désormais, plus de honteuses superstitions : la critique scientifique, avec ses procédés infaillibles, disperse les ténèbres... la lumière éclate, voici la porte de la vérité...

— Eh bien, Ferou, entrons.

J'entre ; c'est un trou noir, encombré de fé-
tiches et d'idoles comme une pagode indienne :
principes inébranlables, axiomes sociaux, raison
souveraine, droits de l'homme, liberté, égalité, etc. On peut toucher du doigt.

Je touche et je ne sens rien ; c'est du vent.
Étrange plaisanterie !

Comment ! vous m'empêchez de prier Dieu
au grand air et vous me poussez dans une cave
où il faut d'abord m'agenouiller devant des
abstractions ! En haine des vieilles chimères vous
vous lancez du premier élan au plus nuageux de
l'insondable, absolument comme le naïf Gri-
bouille qui, pour ne pas être mouillé par la pluie
du ciel, piquait une tête dans la rivière. Sous
prétexte que le vieux monde s'effondre, vous
voulez m'emporter dans une montgolfière qui ne
tient à rien et ne va nulle part ! Quoi, vous
changez de religion comme de gouvernement,
comme de chemise, vous opérez chacune de
ces mascarades au nom de principes immuables
et vous voulez que j'admire votre logique ?..

Mais vous n'êtes que des romantiques affamés

d'idéal; des mystiques en rupture de ban, hommes exacts et pratiques.

Vous ne voulez plus de culte, de religion, et vous passez votre vie à dire la messe devant des principes plus incompréhensibles cent fois que les dogmes les plus mystérieux. Vous adorez les vessies, vous sanctifiez les lanternes, vous encensez les girouettes, vous... tout vous est bon pour pontifier. O Ferou! comme votre athéisme me rend religieuse; comme j'aime Dieu depuis que vous le niez; comme je deviens croyante en face de votre incrédulité sacerdotale.

Après avoir démoli nos temples, vous entendez qu'on respecte vos boutiques?

Jour de ma vie! mais définissez au moins les mots de votre enseigne.

Que signifie, par exemple, cette liberté dont vous faites l'âme du monde? Où est-elle cette Déesse dont on n'a jamais vu que la robe souillée? Qui donc, sans être imposteur ou sot, a pu la définir, même en songe?

Est-ce que l'indépendance humaine est autre chose qu'un cas particulier de cet esclavage nécessaire sans lequel nous ne serions rien?

Nous nous croyons libres quand nous ne sentons plus la main qui nous mène, mais en vérité, n'est-ce pas le dernier mot de la servitude que d'être insensible au poids de sa chaîne?

La liberté n'est donc pas même un rêve où l'homme peut se bercer : ce n'est qu'un mot; ce n'est qu'un des signes du malaise qu'on appelle la vie; c'est le gémissement que pousse le malade en se retournant sur sa couche.

Et lorsque ce gémissement devient un cri de colère, lorsque le malade en question, ne comprenant plus la nécessité des contraintes sans nombre qui sont la vie de ce monde, les déclare intolérables et s'imagine sérieusement qu'il peut s'en affranchir... on peut dire sans se tromper que l'agonie est proche.

Je ne sais plus à propos de quoi ce parpaillot de docteur me disait :

— Mais enfin, madame la baronne, nos

axiomes scientifiques ne sont pas des mirages ; ce sont de bonnes et solides vérités. »

Et en parlant ainsi il essuyait ses lunettes d'un petit air conquérant souverainement désagréable.

— Est-ce que par hasard, ajoutait-il, deux et deux ne font pas quatre ? Est-ce que deux lignes qui se prolongent à l'infini sans jamais se rencontrer ne sont pas parallèles ? Ces évidences vous choqueraient-elles ?

— Ce qui me paraît évident, à moi, lui ai-je répondu, c'est que, dans les sciences comme ailleurs, la vérité n'existe qu'à l'état de principe abstrait pressenti par l'âme. Vos fameux axiomes qui ne sont, après tout, que des articles de foi indémontrables, n'ont d'évidence que théoriquement.

Deux et deux font quatre parce que ces nombres expriment de pures abstractions, mais donnez à ces vérités une application matérielle et l'évidence cesse tout à coup.

Où trouver dans la nature deux quantités matérielles absolument égales entre elles ; com-

ment, du moins, prouver expérimentalement
qu'elles le sont? Vos instruments les plus précis
ne donnent que des résultats approximatifs; la
balance la plus exacte n'exprime le poids d'un
corps qu'à une certaine fraction de gramme
près. Là comme partout, l'expérience ne fait que
hacher plus menu l'erreur, mais ne la supprime
pas.

Quant au parallélisme de vos lignes qui se
prolongent dans l'infini, permettez-moi de vous
dire, docteur, que vous parlez là comme un illu-
miné : L'infini est un champ d'épreuve absolument imaginaire et vous m'avez appris vous-
même que la ligne était une fiction.

Je continue donc à penser que, même dans les
sciences où la vérité semble le plus aisément
tangible, nous ne pouvons la concevoir que
comme une abstraction et qu'elle nous échappe
si nous voulons la toucher du doigt.

Que sera-ce donc alors dans le domaine du
sentiment et des idées, où l'on n'a pas d'appareil
pour constater la justesse expérimentale d'un
principe, même d'une façon approximative, et

où l'émotion de chacun, essentiellement variable et changeante, est la seule pierre de touche qui puisse faire distinguer le vrai du faux.

Est-ce à dire qu'il ne faut pas croire à la vérité?

Assurément non, car, en dépit des erreurs, des illusions et des discussions vaines, nous percevons la lueur confuse du foyer, source de toute lumière. Là, derrière le nuage, est la vérité souveraine, immuable, absolue; notre raison la sent, la devine et y croit.

L'inconnu qui se dresse entre elle et nous n'est qu'un écran nécessaire qui en atténue les rayons, dont nous ne pourrions supporter l'ardeur. Ne maudissons pas notre impuissance à tout comprendre; les erreurs de nos sens et de notre esprit forment l'atmosphère qui nous permet de vivre. C'est à l'abri de ces infirmités bienfaisantes que nous existons. Supposons que tout à coup, les lois de la gravitation se trouvant rompues, le soleil attire à lui la terre avec une violence sans contrepoids : il est clair qu'il l'anéantirait en l'absorbant en lui.

Pareillement, l'homme mis en contact direct avec la vérité absolue et perdant tout à coup ses inquiétudes, ses curiosités, ses ardeurs et tout ce qui constitue les ressorts de sa vie terrestre, cesserait d'être un homme. Ainsi que ces blessés qui meurent lorsqu'on leur arrache la flèche qui les a percés, nous mourons humainement si l'on nous guérit de notre ignorance. Car nous ne pouvons pas concevoir une âme humaine satisfaite, remplie, et ce n'est qu'en Dieu qu'est la solution de ce mystère.

Ferou ne veut plus être dupe, c'est son idée, et il n'admettra plus rien, ce qui s'appelle rien, qui n'ait été pesé dans la balance de la raison humaine.

— Sans indiscrétion, mon ami, quel est le sage qui se chargera de peser tout cela?

— Je ne veux pas croire, madame, que vous ayez l'intention de plaisanter en semblable matière. Le plus noble usage que l'homme puisse faire de son intelligence est, à coup sûr, de rechercher la vérité, de flétrir l'imposture et de soumettre au contrôle de sa raison les...

— *Sa* raison, dites-vous ? vous entendez par là que chacun pèse séparément dans sa propre balance.

— Assurément, madame, il le doit à sa dignité; c'est un devoir.

— Cela fait bien des balances, mon ami, mais peu importe ; j'entre dans vos vues. Chacun a donc le devoir de soumettre la vérité au contrôle de son infaillible raison.

— Je n'ai pas la sottise de me croire infaillible.

— Vous ne seriez pas le premier, mais enfin, je me rétracte : chacun a donc le devoir de soumettre la vérité au contrôle de son aveugle raison.

— Aveugle ! mais, madame...

— Mettons borgne, mettons myope ou presbyte si vous aimez mieux.

— Est-elle aveugle, cette intelligence humaine qui va surprendre jusqu'au sein de la

nature ses lois les plus secrètes, qui arrache à la
vérité ses voiles un à un? Quoi, ce flambeau
qui permet à l'homme de tout comprendre...

— Bon, il opérait il n'y a qu'un instant avec
une balance et le voilà maintenant travaillant
avec un bougeoir. Il avouait n'être pas infaillible et maintenaint il comprend tout! Mais si
vous comprenez tout, ne me dites donc plus,
quand je me plains de mes migraines :

« Madame la baronne, rien à faire, c'est nerveux. »

Vous comprenez tout! et vous ne savez
même pas comment naît une idée dans votre
propre cervelle, et vous êtes pour vous-même
le plus insondable des mystères, et depuis des
siècles que vous observez la croissance d'un grain
de blé ou l'épanouissement d'une fleur, vous
n'avez pas même entrevu ce qu'est ce principe
vivifiant qui anime la plante et féconde le
germe.

Mais que fait-elle donc, votre science? —
Elle met des étiquettes sur les mystères, elle
catalogue ses ignorances ; elle saute par dessus

les abîmes et crie bien haut qu'elle les a comblés.

Entre nous, pas de façon : dites-moi donc sans détour ce que c'est que l'attraction, la pesanteur, la lumière, la vibration moléculaire ; que sont toutes ces propriétés de la matière dont vous m'avez si souvent dit le nom sans jamais m'en définir l'essence.

Voyons, Ferou, avec votre balance et votre bougeoir, êtes-vous plus sage que Salomon, plus habile que Richelieu, plus puissant que Charlemagne ? Et votre société qui n'est plus dupe de rien — que d'elle-même, — est-elle plus heureuse et moins troublée ?

Vous ne pouvez vous empêcher de sourire, mon cher ami.

Voyons, Ferou, vous faites de la raison humaine la source sacrée de toute sagesse. Je ne demande pas mieux, mais je voudrais bien savoir où vous placez ce trésor-là. Vous avez votre raison, Ferou, mais j'ai la mienne aussi qui diffère de la vôtre, soit dit sans vanité. Chaque être a sa petite raison particulière dont il

entend user à sa guise, vous ne pouvez empêcher cela. Or je n'ai jamais remarqué que ces
innombrables petites raisons, essentiellement
chancelantes et sujettes à l'erreur, pussent, à un
moment donné, se confondre en une seule qui
soit infaillible et incontestée.

La voix de votre fameuse raison humaine ne
sera jamais qu'une rumeur publique et n'aura
d'autre sanction que l'opinion d'une majorité...
c'est peu.

Avec cela, on impose un député, mais on ne
fait pas naître une croyance.

Vous sentez-vous la force d'entendre quelque chose d'inouï ? Écoutez ma révélation :

Le dernier mot de la raison est de constater
ses étroites limites. La Providence nous en a
donné juste assez pour nous guider vers elle.
Supprimer d'abord la foi en Dieu et s'imaginer
ensuite que la raison de l'homme, ainsi affran-
chie, peut se suffire à elle-même, c'est, après
avoir éteint la flamme, vouloir s'éclairer de son
reflet.

La raison qui ne mène pas à la foi peut occuper l'esprit, bien ou mal, mais ne pénètre pas dans le cœur et c'est par le cœur que l'homme est fécond. »

Calvin, que Ferou estime pourtant beaucoup, dit que la foi est une vision des choses qui ne se voient pas; c'est-à-dire une conviction de sentiment où le raisonnement n'est pour rien.

Or, n'est-il pas étrange que cette conviction de sentiment qui est dépourvue de toute sanction humainement raisonnable et qui, par conséquent, devrait être particulièrement fragile, soit, au contraire, parmi les hommes, le mobile le plus puissant?

N'est-il pas surprenant qu'une croyance soit d'autant plus ardente qu'elle est plus en dehors de toute démonstration, et que ce soit à l'heure où l'homme est le plus étroitement esclave du sentiment et le plus incapable de faire usage de sa raison qu'il se révèle avec le plus d'éclat et atteigne au plus haut?

L'héroïsme, sous quelque forme qu'il se manifeste, a toujours eu pour cause l'impulsion spontanée d'un sentiment; et si la raison peut concevoir de beaux plans, c'est la foi qui les exécute.

On n'aime pas une femme par raison démonstrative ; on n'aime pas non plus la patrie, l'art, le bien et le beau par logique de raisonnement.

La foi pousse l'homme en dehors de lui ; la raison l'y enferme et souvent l'y étouffe.

Après tout, la raison n'a pour domaine que le raisonnable... C'est un sous-sol, ce domaine, et les retraites qu'y fait le monde rendent plus vif encore l'inévitable besoin d'air et d'espace.

Ce que j'aime dans le docteur, ce n'est pas ce qu'il dit, c'est ce qu'il me donne envie de dire ; ce sont les réflexions qu'il fait naître en moi. Il me produit l'effet de ces boissons amères qui, prises au bon moment et en petites doses, réveillent l'ardeur des fonctions digestives.

Que de fois, sous prétexte de mes rhumatismes, je l'ai envoyé chercher, par la neige et le froid, ce cher athée !

Si par impossible il se convertissait tout à coup, j'en serais heureuse pour lui, mais cela serait pour moi un bien grand vide.

A peine est-il sorti que je me sens ranimée ; je prends ma canne et, l'esprit tout plein, le cœur tout chaud, je vais promener mes pensées dans quelque petite allée bien à l'abri du vent. Et je suis heureuse comme on l'est en compagnie de personnes sûres et aimables auxquelles on peut tout avouer.

Bien mieux, il me semble alors que la nature qui m'entoure soit comme un cadre naturel qui s'offre à ma rêverie et se confonde presque avec elle. Les fleurs, l'air pur, l'horizon qui se dore, les nuages indécis qui s'étalent dans le ciel comme les flocons d'une neige rosée, toutes les harmonies enfin de l'œuvre divine sont l'écho de ce que j'ai dans le cœur. Je vois partout l'action de la Providence et je murmure en cheminant :

Une planète et un grain de poussière pèsent d'un égal poids dans votre main, Seigneur. L'unité du code qui les régit les rend solidaires

4

l'une de l'autre et l'Univers tout entier rentre-
rait dans le chaos si le moindre atome cessait
d'obéir à la loi. Tout s'enchaîne et concourt à
l'ensemble dans le domaine de l'absolue sagesse.
Le soulèvement d'une parcelle d'écorce, la
chute d'une feuille desséchée ne sont pas en
eux-mêmes des faits moins importants que
l'effondrement d'une montagne. Rien d'arbitraire et de négligeable dans l'enchaînement
merveilleux des phénomènes grands et petits.

Et d'ailleurs, qu'appelons-nous grand, qu'appelons-nous petit ? Qu'expriment ces deux mots,
si ce n'est l'infirmité de nos sens et l'impuissance
de nos observations ?

L'étoile qui, en dépit des lunettes, ne sera
jamais pour notre œil qu'un point lumineux,
est-elle moins grande qu'une goutte d'eau où le
microscope nous révèle tout un monde ?

C'est à la mesure de notre faiblesse que nous
jugeons ce qui nous entoure...

Eh bien, c'est toujours après avoir causé
avec Ferou que ces pensées-là me viennent à
l'esprit.

Un jour qu'il avait lâché un des monstres de sa ménagerie, l'abbé, qui était là, prit son grand air de prélat romain, et lui dit avec une courtoisie charmante :

« Il m'est impossible, monsieur le docteur, de ne pas voir le doigt de Dieu dans l'énoncé de vos théories. Plus elles sont contraires à mes propres idées et plus je suis frappé par les conséquences salutaires qu'elles ne peuvent manquer d'avoir. Votre impiété est providentielle, monsieur le docteur, votre œuvre est pieuse. Vous le niez? Qu'importe. On ne fuit pas Dieu qui est partout et, si rapidement qu'on veuille s'échapper, c'est vers lui que l'on marche.

Arrachez du vieux temple les fleurs d'autrefois, fouillez sans scrupule, promenez partout le compas et la règle : l'édifice n'y perdra rien et son architecture divine n'en sera que plus apparente. Permettez-moi, monsieur, de saluer en vous la mission, peut-être inconsciente, que le ciel vous a confiée et que vous remplissez avec tant d'énergie. »

Et ils se saluèrent tous deux en grande cérémonie.

Comme je demandais à l'abbé pourquoi les
convictions de sentiment l'emportent si fort en
énergie sur celles que la critique et l'analyse peuvent faire naître en nous, il me fit cette réponse
que je veux noter :

Le but et le triomphe du raisonnement est de
convaincre les autres ou de se convaincre soi-
même; c'est-à-dire de vaincre les doutes anté-
rieurs et de triompher des résistances. La conviction obtenue par le raisonnement suppose
donc toujours une lutte.

Or, si lumineuse que puisse paraître la vérité
dont une habile discussion a éclairé notre esprit,
il n'en est pas moins vrai que cette conviction,
acquise avec plus ou moins de peine, conserve
la trace du labeur et n'emplit pas l'âme tout
entière, puisqu'elle n'y efface pas complètement
le souvenir de l'effort.

Il suit de là que les gens persuadés ont toujours un défaut à leur cuirasse, une fissure, un
petit trou; c'est par là que le doute s'est enfui;
c'est aussi par là qu'il peut revenir.

Les convictions de sentiment ont cette supériorité — d'autres diront cette infériorité — de
ne pas reposer sur le raisonnement et d'être
inattaquables par lui.

La foi est indiscutable, non pas parce qu'elle
est au-dessus de toute discussion, mais parce
que celui qui la ressent est trop complètement
absorbé par elle pour pouvoir entendre et comprendre les démonstrations d'autrui, et que,
sans défaillance, il vit dans une idée qui le résume tout entier.

IV

La femme !... la femme !

Je trouve cette façon de parler du dernier pied plat. C'est encore là, sans doute, une expression de l'argot moderne. De quelle femme veulent-ils parler ? Est-ce de leur mère, de leur sœur, de leur femme, de leur fille ou de leur maîtresse ? L'impertinence de ces blancs-becs flétris dans leur tige est intolérable, et si mon neveu, en sa qualité de fiancé et de garçon qui sait vivre, n'avait pas coupé la parole à ses deux amis, je crois que je les aurais vertement remis à leur place.

En compagnie de quels cotillons, ces jouvenceaux ont-ils puisé leurs renseignements?

La façon dont les hommes jugent les femmes
est un indice certain sur la façon dont eux-mêmes
doivent être jugés, et le mépris qu'ils portent
est une preuve du peu d'estime qu'on leur
doit.

Lorsqu'une femme ressemble à une drôlesse et
se conduit comme elle, il y a de grandes chances
pour que son mari soit un drôle. Voilà ma façon
de voir.

Mais, autrefois, où l'on vivait véritablement
dans l'intimité du beau sexe, quel est le galant
homme qui se fût permis de parler des femmes
sur ce ton de supériorité blessante? Ils les con-
naissaient trop pour n'en pas être respectueux.
Les femmes, de leur côté, cherchaient à se rendre
dignes du culte dont elles étaient l'objet.

Le beau sexe est ce qu'on le fait...

Et nous sentant adorées, nous devenions tout
naturellement adorables. Je dis nous.... je l'écris
du moins, mais je n'oserais pas le dire, car rien
n'est plus sot qu'une vieille coquette. Qu'importe

aux autres le récit de ses succès dont elle seule
a gardé le souvenir!... Mais aussi, pourquoi
nous provoquer? Tous ces jouvenceaux s'imagi-
nent-ils vraiment qu'avant eux il n'y avait ni
grâce, ni beauté, ni jeunesse? Nous les eûmes,
petits vauriens, ces séductions, et nous les eûmes
à un haut degré. Il est pénible d'avouer ces
choses-là; cependant, il faut bien se défendre!
On ne peut pas se laisser supprimer ainsi sans
protestation. Attendez que nous soyons tout à
fait mortes pour nous mettre en terre.

· Il ne s'agit pas seulement de moi, bien entendu, il s'agit de nous toutes, pauvres femmes
d'autrefois, qui n'avons plus, pour prouver nos
dires et plaider notre procès, que quelques vieux
portraits jaunis, fendillés, comme l'est notre
visage; ou bien encore trois ou quatre petits
billets tendres, restés, par hasard, au fond de
notre tiroir...

Pardonnez-moi, mon Dieu; ce n'est pas pour
vous que je dis cela, car vous savez bien qu'ils ne
sont pas restés là tout à fait par hasard.

Ils étaient si respectueux, ces petits billets, si

pleins de grâce, de courtoisie, et rédigés en si jolis termes !

Lorsque je les montrai au baron, il les lut à haute voix, les dégusta l'un après l'autre, et, prenant une faveur rose, il en fit un mince paquet qu'il noua d'une rosette en soulevant le petit doigt : « Conservez cela, ma toute bonne », me dit-il, « ce sont de vrais bijoux. On vous trouve la plus aimable et la plus belle des femmes ; il ferait beau voir qu'il n'en fût pas ainsi ! Mais ce culte que les autres vous rendent, ma reine incomparable, triple l'amour que je ressens pour vous. »

On parlait ainsi... Comment ne pas être émue en écoutant ces douceurs exquises ?

Oui, on m'a trouvée belle ; on m'a dit que j'étais aimable, et je n'ai pas rougi de ces hommages. Nous ignorions alors les pudeurs indécentes des péronnelles de maintenant qui vont chercher la garde parce qu'un petit savoyard les regarde en passant. Il y a plus de vice que d'autre chose dans cette pudeur-là : on ne rougit si fort que lorsqu'on a perdu son innocence, comme disait je ne sais plus qui. Nos façons étaient plus libres et en même temps beaucoup plus honnêtes que les vôtres, mes belles.

Certaines libertés ne se peuvent prendre qu'en bonne compagnie, et ceux qui tremblent toujours pour leur bourse ou pour leur honneur prouvent par cela même qu'ils sont habitués à vivre avec de fort vilaines gens.

Ce n'était pas notre cas.

Il est impossible de comprendre maintenant la galanterie, la distinction, la délicatesse des mœurs qui régnèrent dans les salons au commencement de la Restauration. Les fêtes qui eurent lieu au mariage du duc de Berry furent le réveil éblouissant de la grâce et de la courtoisie françaises, dans ce qu'elles avaient de plus idéal, de plus aristocratique et de plus raffiné.

Ce ne fut pas un carnaval comme sous le Directoire, ou une singerie comme sous l'Empire; ce fut l'épanouisssement libre, aimable, de notre vieille société enfin rendue à elle-même.

Quand je repense aux réceptions d'alors, à ce bal de Saint-Cloud, où son Altesse Royale daignait figurer, où moi-même... On montait sur les chaises pour me voir danser... en toute vérité, on montait sur les chaises.

Je me souviens qu'un soir le vieux duc d'Havre, coiffé de sa perruque poudrée à blanc et armé de sa canne noire, s'approcha de moi, et me montrant une étoile...

Quelle vieille folle je suis, grand Dieu ! c'est maintenant que je devrais rougir. Laissons tout cela.

En 1830, j'étais à Orchamp, où j'avais été appelée tout à coup à cause de l'état désespéré de mon vieux père. Mon mari était resté à Paris : la politique se compliquait et la surexcitation des esprits était assez grande pour qu'un officier de la maison du Roi ne quittât pas son poste. J'avais appris qu'une émeute éclatait, que l'armée se préparait à sévir, mais, depuis huit grands jours, j'étais sans nouvelles, et je commençais à m'inquiéter beaucoup, lorsqu'un soir, le baron entra tout à coup dans la salle où nous achevions de dîner. Il était méconnaissable, le visage pâle, défait, les moustaches coupées, vêtu de je ne

sais quel costume de rencontre, déchiré, souillé
de boue...

— Au nom du ciel, qu'y a-t-il, mon ami ?
m'écriai-je.

— La royauté est morte, fit-il.

Et il m'embrassa en pleurant.

Le pauvre ami avait dû abandonner à Cherbourg son uniforme, devenu odieux tout à coup,
et dissimuler ses allures militaires qui lui eussent
rendu la route impossible au milieu d'une population affolée par la victoire.

Pendant trois jours, il avait chevauché jour et
nuit. Il me revenait l'âme triste et le corps brisé.

Mon père mourut le lendemain matin en mur-
murant : Vive le 1oi !

Dans mon esprit, ces tristes heures sont étroitement liées au souvenir du bal de Saint-Cloud.
C'est à Saint-Cloud aussi que commença l'agonie
de la monarchie mourante, et je ne peux penser
à cette salle de bal étincelante et joyeuse sans
apercevoir le vieux monarque montant en voiture
à trois heures du matin pour fuir son peuple qui
ne voulait plus de lui.

Je le suis malgré moi par la pensée; je vois sur la route de Versailles le bataillon de Saint-Cyr l'acclamant pour la dernière fois ; j'entends les fières paroles de Mme la Dauphine arrivant déguisée dans une carriole de louage; et cette halte à Rambouillet où les vivres manquent ; et cette fierté royale qui augmente à mesure que l'escorte s'amoindrit et que les défections deviennent plus nombreuses !

Mon mari, qui fut jusqu'à Cherbourg, comme je le disais, m'a raconté bien des détails sur ces dernières heures de la monarchie : il y eut de pitoyables défaillances autour de cette grandeur déchue.

Les hommes sont laids lorsqu'on les regarde sans lunettes et d'un peu près.

Mais je ne veux pas me mettre en colère, de peur de tousser toute la nuit.

Je n'en ai pas mieux dormi. Quand un souvenir du passé me vient à l'esprit, il en réveille tant d'autres en même temps, que je suis bientôt comme assiégée, et cela me donne un peu la fièvre.

A six heures du matin, je n'avais pas encore fermé les yeux; ce qui m'a procuré l'avantage de voir mes deux convives, sous une jolie petite pluie fine, longeant l'avenue en costume de chasse. Ils vont à trois lieues d'ici, chez les de Vaulan qui courent un cerf aujourd'hui. Et j'ai constaté que leur tenue à cheval était en parfait accord avec leurs idées sociales : impossible d'exprimer mieux, par son extérieur, son affaissement moral : le dos voûté, les jambes écartées; sur la tête, une sorte de dôme en velours noir ; sur les jambes, une horrible peau de bique comme des cosaques errant dans les steppes; avec cela, des gants rouges, et à la bouche, — c'est prodigieux, — à la bouche, une énorme pipe jaune. Je souhaite que cette mode ne soit pas générale; quoi qu'il en soit, voilà comment certaines personnes vont courre le cerf à l'heure qu'il est. Ce n'est plus un plaisir, une fête de gentilshommes avec ses nobles traditions et son

cérémonial aristocratique, cela ressemble maintenant à un simple passe-temps de braconnier,
et on dirait, à les voir passer dans cet accou-
trement pratique et malséant, qu'ils vont chasser
pour se procurer du gibier.

Ils ont tout défloré, tout, jusqu'à leurs plaisirs.

Où sont les anciennes pompes de la Saint-
Hubert? Où est la fanfare royale qui faisait
vibrer la voûte des grandes écuries et, sur la pe-
louse, la meute de chiens beurre frais attendant
le départ, tandis que le vieux prince, entouré de
ses gentilhommes et paré pour la fête, portant
le grand cordon sur sa veste blanche, saluait les
dames et donnait ses derniers ordres.

J'ai vu les splendeurs des grandes chasses françaises... Je viens de voir aussi, allant au rendez-
vous, deux jeunes gens du monde, brisés de fatigue à leur lever, coiffés de casquette, vêtus de
peau de bête, et fumant dans des pipes jaunes.

D'ailleurs, ces allures indécentes ne me surprennent pas ; elles vont parfaitement bien, ce
me semble, à des fanfarons qui parlent de *la*

femme comme ils ont osé le faire hier au soir devant moi.

Oh! cela m'a touchée, je ne le cache pas!

Ne m'ont-ils pas dit que, maintenant, la première fillette venue, qui sort du couvent, a déjà des idées fort nettes sur le placement de sa petite personne et calcule avec une lucidité merveilleuse les chances de profit et de perte qu'offre cette spéculation!

Voilà ce qu'ils pensent ou feignent de penser sur leur future épouse. Dans quel monde, en vérité, ces gens-là vivent-ils?

Moi, je m'étonne tout au contraire de l'aveuglement candide avec lequel la plus charmante des filles épouse un vilain sot de l'espèce de ces deux philosophes.

Pauvre chère petite! oser dire qu'elle combine et calcule, alors qu'en réalité elle est la dupe de toutes les illusions; alors qu'elle paye son erreur d'une vie entière de chagrins, et que, le plus souvent, elle n'a même pas conscience de la cause imprévue qui la rendit folle un moment.

N'est-ce pas, mignonne, que je dis vrai?

Le fameux soir où madame votre mère murmura derrière son éventail :

— Fillette, comment trouves-tu ce grand jeune homme qui boit un verre de punch, là-bas, près de la fenêtre ? »

Ou bien vous avez éclaté de rire au nez de votre chère maman, ainsi que le comportent les mœurs actuelles, et vous vous êtes écriée :

— Oh! par exemple, mais c'est un baliveau, ce jeune homme! »

Ou bien, tourmentant le bouton de votre gant, devenu rebelle tout à coup, vous avez murmuré :

— Je ne sais pas... Il n'est ni bien ni mal... Dieu qu'il fait chaud! »

Eh bien, mon enfant, pourquoi avez-vous répondu ceci plutôt que cela?

Vous ne vous le rappelez plus; le petit caillou qui causa l'avalanche vous échappe absolument.

Ne cherchez pas, ce serait peine perdue : ce petit caillou, c'était en effet moins que rien : un bout de moustache, un nœud de cravate, une allure... pas même une grâce; une simple étrangeté.

N'en soyez pas confuse ! Cela prouve tout simplement que vous étiez, à cette heure, très disposée à l'hallucination. On oublie trop qu'il y a des tam-tam chinois tellement sensibles qu'ils laissent échapper tout un concert, lorsqu'une mouche vient les heurter en passant.

Pauvre petite bête, ce n'est ni par malice, ni par amour de la musique, assurément; c'est par hasard.

Les fiancés sont comme la mouche, mais vous ne leur persuaderez jamais que leur seul mérite est d'avoir heurté le tam-tam au moment opportun. C'est pourtant l'exacte vérité, dans l'immense majorité des cas.

Eh! mon Dieu, pour un homme, le mariage n'est qu'un des événements de la vie et même un des petits, parfois. Pour une jeune fille, c'est l'*événement*, la grande métamorphose... C'est un soleil splendide qu'elle a sans cesse devant les yeux. Quelqu'un passe devant ce soleil; tout naturellement, il y a mirage, éblouissement; ce quelqu'un prend des proportions fantastiques : ce n'est plus un homme, c'est un héros..... Le tam-tam éclate, le cœur bondit, le poème commence, et fouette cocher.

C'est ia chose du monde la plus simple et la plus aisée à comprendre.

Et une fois que ce poème est commencé, on pare son héros, on l'enveloppe de son cœur, on lui souffle son âme et bientôt, grâce à cette hallucination délicieuse, la dernière trace de réalité s'évanouit; si bien que les défauts d'un fiancé peuvent sauter aux yeux de tous sans que la pauvre fille en soit le moins du monde inquiète : elle en chasse l'évidence, comme un peintre chasse un grain de poussière qui viendrait se poser sur le portrait qu'il peint. Bien mieux, les obstacles eux-mêmes ne font que stimuler l'ardeur poétique de la pauvre femme.

Les mères ont une tendresse particulière pour leur enfant chétif ou mal bâti. Pareillement, on s'obstine à poursuivre un rêve dont on vous a signalé le ridicule... On dorlote son petit boiteux, que voulez-vous ! on s'attache à lui, on se passionne...

Est-ce qu'on ne s'élance pas d'autant plus haut dans l'imaginaire que la réalité est plus plate et plus prosaïque?

Est-ce que le rêve aurait une raison d'être s'il n'était pas un mensonge?

Si l'on pouvait comparer le fiancé réel, en cravate blanche, qui se tient droit devant son prie-Dieu, au fiancé imaginaire que la jeune fille a dans le cœur, il y aurait d'étranges surprises.

Ce sont deux rêves que le prêtre unit; ce sont deux fantômes qui échangent l'anneau et se jurent fidélité.

Ne croyez pas que ce mirage dont nous parlions soit une exception rare : il y a bien peu de femmes qui n'aient entrevu le ciel à l'heure de leurs fiançailles et ne donneraient une partie de leur vie pour l'entrevoir encore.

L'épouse se cramponne encore à son rêve de fiancée, alors même que des années d'expérience lui en ont prouvé la fausseté. Il faut que tout se soit évanoui autour d'elle, que le désastre soit complet pour qu'elle abandonne à tout jamais son fameux poème. Encore, si cruelle que soit la déception, elle en gardera l'amertume pour elle seule, tout au fond de son cœur, sans en rien laisser voir; elle s'efforcera de conserver intact, aux yeux du monde et de la famille, le prestige de son mari; elle n'avouera jamais, même à Dieu, la nullité de l'homme qu'elle a choisi.

Par pudeur, par dignité, elle voilera la plaie de son cœur et souffrira en silence, se contentant de dire : « Je n'étais pas la femme qui lui convenait! »

Il y a encore des anges de par le monde; seulement, ils se cachent. Il faut du temps pour les découvrir, du cœur pour les comprendre et beaucoup de talent pour les peindre. Voilà pourquoi on n'en entend jamais parler.

Les gens qui y trouvent profit ou plaisir, pour-

ront écrire et même penser tout le mal qu'ils
voudront sur notre pauvre sexe, mais je n'en
reste pas moins convaincue que le nombre des
bonnes femmes est de beaucoup supérieur à celui
des mauvaises, et ce n'est pas le cas de ces messieurs.

Pour établir cette statistique — car il s'agit de
statistique — on n'aurait pas besoin de déranger
M. le curé et d'avoir le secret des confessions. La
maison — riche ou pauvre — où il y a une bonne
femme, se distingue tout de suite des autres : je
l'ai toujours remarqué, alors que j'allais partout.
On trouve dans ces maisons-là un ordre particulier, une façon simple et harmonieuse de disposer toute chose, une propreté scrupuleuse où
l'on ne devine pas seulement le soin d'une mé-
nagère active, mais aussi la tendresse toujours en
éveil de la mère et de l'épouse.

Ne s'agirait-il que d'un petit bouquet de
bleuets, cueilli au bord du chemin, en revenant
de la messe, la chère femme a su mettre ces
fleurs au bon endroit, le verre qui les contient
est brillant, l'eau est pure, et cela donne à la de-

meure un petit air de fête qui réjouit l'œil en entrant. Elle ne livre rien au hasard ; jusque dans les plus petits détails il y a une intention et chacune de ces intentions sort de son bon cœur pour aller à celui des autres.

Sa personnalité rayonne, réchauffe, et le parfum de son âme pénètre partout, on la sent sans la voir. Car le signe distinctif d'une bonne femme est de ne pas faire tapage, de ne pas attirer les regards et de passer presque inaperçue dans la famille. C'est lorsqu'elle n'est plus là que l'on comprend tout ce qu'elle valait. Il semble alors que le feu du foyer soit éteint, et à chaque heure du jour on la cherche, on l'attend.

Elle est comme le bon pain de froment qui semble insipide et dont on ne peut se priver. Elle est comme l'air pur qui nous fait vivre et que nous ne voyons pas.

Son cœur et sa vie sont aux autres ; elle s'est donnée tout entière, on la sait à soi ; on use de son âme, on y fouille comme en un trésor commun.

Sa bonté est au milieu de la famille un refuge

toujours ouvert qui calme et guérit. Non pas
qu'elle se pique d'éloquence et de philosophie,
qu'elle endorme le chagrin par des phrases ou
persuade par des raisonnements ; elle partage les
peines et les joies de ceux qu'elle aime, rien de
plus, et cela si simplement, avec tant de naturel
et d'un cœur si sincère, que l'on ne songe même
pas qu'il en pourrait être autrement.

Elle n'a pas conscience d'ailleurs d'être l'ange
du foyer et l'âme de la famille ; elle n'a fait aucun
effort pour cela ; c'est par besoin qu'elle se dé-
voue, par instinct qu'elle s'efface ; elle va au bien
comme les braves au canon.

Elle a la pudeur de ses vertus comme d'autres
ont la honte de leurs défauts, et agit avec des
raffinements de diplomate pour dissimuler ses
bonnes actions, pensant que la reconnaissance
dont on paie un bienfait enlève à ce bienfait le
plus pur de son mérite et le déflore en le signa-
lant.

Il existe, ce type excellent de la femme bonne
et dévouée. Je l'ai rencontré souvent dans ma
longue vie ; il est dans la nature ; il est vrai.

Mais entre deux vérités dont l'une console et rend meilleur, tandis que l'autre trouble et corrompt, pourquoi choisir toujours la dernière ?

— Pour plaire au plus grand nombre qui, d'instinct, court à l'horrible.

—J'entends ; mais si vous lui refusez la vertu, à ce plus grand nombre, pourquoi lui donner la puissance ? Si vous méprisez ses goûts, pourquoi consultez-vous son opinion ?

Mon neveu m'a fait des excuses au sujet de ses deux amis de l'autre soir, et cela avec infiniment de tact et de grâce.

Je lui ai répondu, comme l'eût fait mon pauvre mari, en lui tirant doucement l'oreille :

« Tes dires me plaisent, garçon, tes dires me plaisent. » Après tout, ces deux jeunes philosophes n'avaient commis d'autre faute que de parler comme tout le monde, mais je trouvais surprenant qu'à ma table on s'oubliât jusque-là.

A propos de ce petit incident, nous avons beaucoup causé et, de fil en aiguille, je me suis trouvée avoir improvisé un joli petit sermon de circonstance sur le mariage.

Est-ce par égard pour la vieille prêcheuse qu'il m'a priée de lui mettre tout cela sur le papier? Il en serait bien capable.

Tu veux me flatter, sournois? — Eh bien, je me laisse faire; voici, je crois, ce que j'ai dit:

Il est certain, mon cher garçon, que la jolie fille dont tu vas devenir le mari te voit à travers les gazes les plus rosées de son imagination. Elle attend tout de toi; tu peux lâcher la bride à ton génie, si tu en as, et devenir un véritable héros; elle n'en sera pas surprise : son rêve avait été au delà.

Non seulement elle sera joyeuse de trouver en toi un être supérieur, mais elle en aura de la reconnaissance; elle sera fière de t'accepter pour son maître chéri et de te rehausser encore par la sincérité de sa soumission. Elle a soif de dévouement, d'admiration; tiens-le pour certain; toutes les femmes sont ainsi.

Tu frises ta moustache d'un air conquérant ? Cela est excusable : ta situation de fiancé est en effet particulièrement séduisante.

Ajoutons tout de suite qu'elle n'est pas sans dangers. Pour un amoureux de ta sorte, le délicat, mon ami, est de conserver sa tête et de ne pas débuter par un de ces éclats qui ne sauraient avoir de lendemain.

Prends dès l'abord une bonne allure qui te mène loin et sûrement. Sois avec elle, dès la première heure, ce que tu pourras être, non pas toujours, mais bien longtemps.

Elle s'abandonne, se livre tout entière, la chère petite, tu peux tout sur elle ; n'abuse pas de ces pleins pouvoirs et sois prudent pour deux.

Ne te grise pas, soit dit entre nous, ne roule pas sous la table : tu y resterais. Bois goutte à goutte, si grande que soit ta soif, et ne taris pas le verre avant qu'elle y ait porté ses lèvres.

Rien n'est plus naturel que d'oublier l'être aimé au milieu des transports dont il est soi-disant l'objet. Tels ces avocats, qu'emporte l'éloquence, et qui, dans la fougue de leur plaidoyer, ne savent même plus le nom de leur client. Tâche de songer à elle avant tout : ton cœur et ton esprit te diront le reste.

Aimer, aimer !... mais, vertuchoux, cela veut-il dire qu'on est aimable ?

Un polisson de baiser qui, sans souci de l'heure et des circonstances, se précipite en cassant la vitre est un impertinent haïssable ou tout au moins un importun qui se déconsidère.

De ta tendresse ne lui laisse voir que ce qu'elle peut comprendre et goûter, sinon sans surprise, du moins sans effroi...

Ce que je te dis là t'irrite, n'est-il pas vrai ? Je suis la plus machiavélique des tantes ? Quoi, tant de ruse et de dissimulation quand le cœur parle ! Entre gens qui s'aiment sincèrement la confiance ne doit-elle pas être absolue ; les moindres restrictions ne sont-elles pas autant de profanations ?

Au Ciel, oui, mon ami, il y aurait profanation, mais en ce bas monde on ne fait rien sans adresse, prudence et circonspection. Il n'est pas d'œuvre humaine, — le bonheur compris, — qui puisse se passer de politique. Chacun d'ailleurs entend cette politique suivant son esprit et sa conscience, mais de ce que certains l'entendent en dépit du bon sens, il ne s'ensuit pas qu'on puisse s'en passer.

. On peut être tout à la fois « habile et honnête et conserver sa dignité, tout en ménageant ses affaires », comme dit mon vieil ami.

Crois-moi, mon enfant, sois discret et prudent : laisse au cœur de ta petite femme le temps de comprendre et goûter, sinon sans surprise, du moins sans effroi.

Résiste à la sotte vanité de l'éblouir par tes révélations ; ne l'écrase pas de ta jeune expérience.

Elle se voile par pudeur, fais comme elle par sagesse. Ne brise rien, mon cher, dénoue un à un les liens qui l'attachent au passé. Qu'elle devienne femme le sourire aux lèvres, sans secousse ni cahot ; que plus tard elle n'ait pas à rougir et puisse remercier Dieu des larmes que tu lui auras fait verser.

Ofire-lui la main, mais laisse-la venir à toi.

Que ta sollicitude ne tourne pas au tatillonnage : sois assez attentif et discret pour ne pas
dépasser, en fait d'égards et de soins, la mesure
de ce qu'elle souhaite.

Ne l'obsède pas ; que ton affection l'entoure
sans l'étouffer.

Par étourderie, par effusion maladroite, ne
répands pas à ses pieds ton âme tout entière
comme on étale le contenu de sa valise devant
les douaniers de la frontière.

Devrais-je t'indigner encore, laisse-moi te conseiller de ne pas tout lui dire ; n'ouvre pas devant elle toutes tes armoires ; il n'est point encore l'heure. Surtout garde la clef de ce trésor
intime où sont recueillies les reliques de ta vie :
émotions, rêves, croyances, illusions... grandeurs et faiblesses que toi seul peux comprendre. Ne lui montre pas tout cela : elle en serait
plus surprise que touchée et tu éprouverais une
sorte de honte à avoir profané le plus secret de
ton âme par une inutile exhibition.

Et d'ailleurs, en te voyant si mauvais gardien

de ton sanctuaire, sans doute elle y fouillerait sans scrupule, peut-être même en ferait-elle son boudoir.

Sois soucieux de ta dignité pour qu'elle respecte la sienne.

Que tes confidences arrivent une à une, par degré, alors que la chère petite y pourra voir une marque d'estime et de confiance.

Ne force pas l'intimité à naître avant le temps, car en voulant la hâter, tu la rendrais impossible dans l'avenir.

Vous n'en êtes encore qu'à vous adorer, mes enfants ; dégustez votre rêve ; restez l'un pour l'autre fantômes étincelants ; soignez vos ailes et ne supprimez pas trop tôt l'inconnu qui vous rapproche.

Oui vraiment, qui vous rapproche.

Ce grand désir de se connaître et de se confondre ne prouve pas du tout que l'on se connaît et qu'on ne fait qu'un. Deux êtres qui s'enlacent dans la plus chaude étreinte peuvent rester étrangers.

On est d'autant plus curieux l'un de l'autre

que l'on s'ignore davantage. On s'adore parce qu'on se cherche.

Une signature ne suffit pas à confondre deux âmes; la bénédiction nuptiale, loin d'être la solution du problème, n'en est que l'énoncé, et l'intimité qui viendra plus tard, si Dieu le veut, n'a rien de commun avec ces premiers élans.

Ne mettons pas les violons derrière la noce et la timbale d'argent au pied du mât de cocagne : c'est tout là-haut qu'elle doit être perchée.

Se connaître, vivre dans l'intimité l'un de l'autre, c'est le but, c'est la fin. L'amour peut éclater au premier choc; l'intimité veut du temps pour se produire : c'est pas à pas que l'on gagne la confiance et l'estime. Il faut s'être éprouvés mutuellement en mille circonstances diverses et que chacune de ces épreuves ait ajouté à la sécurité mutuelle; il faut avoir bu longtemps dans la même coupe, avoir goûté les mêmes joies, pleuré les mêmes larmes, pour se connaître et se comprendre. C'est la récompense enfin, c'est la bénédiction; c'est un rayon du bonheur entrevu et le plus doux, j'imagine, qu'on puisse entrevoir ici-bas.

Secouez un vase où de l'huile et de l'eau ont été versés : durant quelques instants vous n'aurez, en apparence, qu'un seul liquide ; mais déposez la fiole : alors, l'huile et l'eau, se séparant peu à peu, reprendront leur position première. La passion peut agiter deux âmes sans les confondre ; seuls, le temps et l'estime les confondent sans les agiter.

Le difficile, en ménage, c'est lorsqu'on n'est encore qu'amants de ne pas perdre de vue qu'on pourra devenir amis, et plus tard, lorsqu'on est amis, de se souvenir qu'on a été amants.

Ce qui m'étonne toujours, c'est l'aisance avec laquelle on unit deux êtres pour l'éternité, car il me paraît à peu près certain que, le plus souvent, on connaît mieux le cocher auquel on confie ses chevaux que le gendre auquel on donne sa fille. Il semble qu'après le travail du notaire, la

tendresse doit naître forcément entre les deux
époux. On dirait qu'aimer son mari est la conséquence naturelle d'une éducation soignée et
qu'il suffit de pousser le verrou d'une porte pour
que l'amour apparaisse nécessairement...

Mais il peut ne pas venir, ce dieu fantasque !
Et même, en admettant sa venue, que de fois il
allume une botte de paille, sourit, se chauffe et
s'en va !

Et après cette visite on se trouve d'autant plus
étrangers l'un à l'autre que pendant un instant
on s'est cru plus proches.

La lune de miel qui, théoriquement, devrait
suffire à tout, peut en somme ne vous révéler
qu'un abîme. Que de gens, à sa lueur, ont
constaté pour toujours l'impossibilité de s'aimer !

Non pas que les catastrophes matrimoniales
soient aussi nombreuses qu'on le raconte; les
éclats sont rares et le public qui, dans la vie
ordinaire, n'entend pas souvent le bruit de la
vaisselle cassée, murmure avec un sourire
fin :

« Laissez faire le temps ; tout s'arrange en ménage... »

Tout s'arrange, en effet, car l'immense majorité a le respect commercial de sa signature. L'horizon se ferme, voilà tout ; et l'on vit côte à côte étroitement désunis. On se réfugie dans l'amour de ses enfants, on se noie dans la charité, on se jette dans la vie des autres, on s'accroche à leur bonheur ou à leurs misères... et, si l'âme n'a pas l'envergure suffisante pour planer à ces hauteurs, on encombre sa vie de petits riens ; on s'embesoigne, comme dit Montaigne, on trompe la faim de son cœur par les gourmandises de l'esprit ; on court le monde, on marie les autres, on emplit les heures et, le plus honnêtement du monde, on cherche à éblouir les passants dans le seul but de se prouver à soi-même qu'on est aimable et qu'on devrait être aimée.

Enfin, à certaines heures où l'illusion vous revient à l'esprit, on souffle sur les cendres de la fameuse flambée, et si par hasard il s'échappe une étincelle, on crie au feu avec ivresse.

Maintenant, il faut bien dire que cette union du cœur et de l'esprit, dont je parlais tout à l'heure, n'est pas le rêve de tout le monde. Beaucoup d'époux n'ont entrevu et souhaité que la communauté de petits intérêts matériels qui unit deux voyageurs assis dans la même patache et se rendant au même endroit.

Ces gens-là, ronflant sous le même rideau, mangeant dans la même écuelle, passez-moi le mot, s'estiment unis autant que faire se peut, et leur vie s'écoule joyeuse et douce dans l'échange des familiarités intimes qui, pour eux, constituent l'amour.

De plus en plus ravis de se trouver pareils, ils s'estiment, se goûtent, se font écho, échangent leurs petits riens en bons camarades, et leurs deux âmes, couplées comme bassets, trottinent côte à côte, le museau dans l'ornière.

Ils sont heureux et ne s'en cachent pas; de sorte qu'on leur porte envie, lorsque, bras dessus, bras dessous et le sourire aux lèvres, ils se promènent ensemble par une belle matinée de printemps. Que se disent-ils, le savez-vous ?

Ils causent de leur calorifère : madame est pour le coke ; monsieur est pour le bois.

Et cette lutte tendre, autant que courtoise, ne cessera qu'avec la vie.

Tout est pour le mieux, en somme, puisqu'ils sont habillés à leur taille, mais était-il besoin que Dieu tendît la main pour bénir ce petit commerce ?

Qu'elles sont diverses et étranges, les unions que le mariage sanctionne !

A côté des époux résignés qui, de concert, soufflent sous le même joug en tirant la charrue, il y a ceux qui s'ignorent pour être trop près l'un de l'autre et n'avoir jamais pu s'observer, faute d'espace ; ceux-là ne s'entrevoient qu'au veuvage.

Puis, les timides, les vaniteux, qui s'attendent mutuellement ; et aussi les habiles, qui, dès l'abord, se perdent dans des dessous imaginaires, dissimulent quand il faudrait se confier, se com-

6

fient quand il n'est plus temps ou qu'il n'est pas
temps encore, frémissent tout à coup des conséquences, reviennent sur ce qu'ils ont fait,
s'élancent, chavirent, s'embrouillent, font des
nœuds partout et, d'un petit paradis très décent
qu'ils avaient sous la main, se fabriquent, à grand'-
peine, le plus compliqué et le plus ridicule des
enfers.

Faut-il oublier les niais, qui attendent que le
bon Dieu se dérange ? Et les bûches qui sédui-
sent un ange ! Et ceux qui, le nez en l'air, con-
templent leur étoile et tombent dans le fossé
qu'ils n'avaient pas vu ! Et les énergiques qui,
de la poche de leur habit de noce, tirent un programme en disant :

« Madame, vous m'entendez..... »

Eh bien, dans le troupeau bêlant ou silencieux
de tous ces infortunés attachés de travers, ce qui
me paraît être le vice fondamental, c'est le manque d'esprit.

On a trop souvent répété que l'amour est une
ivresse du cœur, une folie sublime, une crise
fatale où l'esprit n'est pour rien. J'ai entendu

parler de ces accidents-là, mais ils me paraissent rentrer dans la catégorie, malheureusement trop nombreuse, des sinistres épouvantables qui ne laissent après eux que des morts et des agonisants.

L'amour n'a rien à voir dans ces désastres, et je continue à penser que, pour aimer de la bonne façon, il faut s'y mettre tout entière, esprit et cœur; que pour choisir le compagnon de sa vie on n'a pas trop de toute sa finesse... Ces gens-là trompent tellement! Comment deviner dans un bout de fil qui passe le gros peloton qui est derrière?

Or, beaucoup d'imbéciles ne laissent précisément voir de leur sottise qu'une toute petite pointe qui fait saillie au dehors. C'est en apparence un simple grain de poussière, moins que rien; mais gardez-vous d'y toucher; n'attirez pas à vous cet atome; tout l'écheveau se déroulerait et ce serait une éternité de confusion.

Avant de se jeter dans les torrents, au galop de son cœur, il ne serait pas mal d'en sonder un peu le fond avec son esprit

L'amour qui dispense d'attention, de critique, de jugement et débute par l'ivresse, ne sera jamais, à mon avis du moins, qu'une maladie fort laide.

Aimer malgré soi et sans juger ce qu'on aime! se donner sans savoir pourquoi, avaler sans comprendre, dévorer sans goûter... Bonté du ciel! n'est-ce pas de la sauvagerie pure?

Est-ce que cela est possible, en bonne conscience? S'imagine-t-on que, même au plus chaud de la tendresse, une femme devienne complètement bête tout à coup? Comme s'il était facile d'être sotte à un moment donné, lorsque le bon Dieu vous a faite femme d'esprit. L'esprit n'est-il pas le dernier défaut dont on puisse se défaire; n'est-ce pas une infirmité persistante qui vous suit partout? — si ridicule qu'il soit, d'ailleurs, de promener cette bosse dans certains milieux où l'on va; — mais passons.

Les femmes que l'amour rend absurdes avaient, j'en ai peur, de bien grandes dispositions à le devenir sans cela.

Pour ma part, j'aurais refusé tout net un bon-

heur auquel on ne peut parvenir qu'en s'y préci-
pitant du cinquième étage. Le ciel lui-même...
le ciel me tenterait moins si je ne pouvais y
monter lentement, afin de constater à chaque
marche que je me fais meilleure et jouir tout
doucement de mes petits progrès. Écouter avec
son esprit les murmures de son cœur, voilà ce
qu'il faut faire. Les grandes tendresses durables
sont comme les monuments solides que l'on
n'improvise pas; il les faut construire avec prudence et en choisir chaque pierre de ses propres
mains.

L'amour, comme le bonheur, n'est pas aux
affamés qui se noient dans leur potage, mais
aux attentifs qui observent et savent déguster.

Le baron me fit trois ans la cour avant de
m'épouser et nous ne trouvâmes ni l'un ni l'autre que ce fût trop. Bien mieux, il lui parut que
ce n'était pas assez, puisqu'il recommença au
sortir de l'église et ne s'arrêta... qu'à l'heure où
Dieu le rappela à lui.

Il me disait un jour, je m'en souviens : « N'a-
« vez-vous pas remarqué, ma toute bonne,
« qu'à la première marche de l'escalier, les gens
« un peu lourds éprouvent généralement pour
« celui qui les accompagne un besoin particulier
« de confiance et d'intimité : ils lui prennent le
« bras et s'abandonnent avec effusion... Sont-ce
« les préliminaires de quelque confidence ?

« — Pas le moins du monde : ils cherchent
« simplement une béquille pour monter sans
« souffler

« Que de gens aussi, se sentant couler au fond
« de la rivière, enlacent avec transport l'être
« qu'ils aiment le plus pour mourir en compa-
« gnie ! » Comme cela est juste et quelle façon
piquante il avait de dire toute chose !

Rien n'est si commun — en ménage surtout
— que d'ignorer son propre poids et d'écraser
le prochain par tendresse.

Un philosophe aimable a dit qu'il ne faut rien
exiger de ses amis en dehors de ce qu'ils accordent volontiers.

J'ajoute que, pour savoir ce qu'ils sont disposés à accorder ainsi, il faut se demander ce que l'on accorderait soi-même sans effort.

Tout cela demande infiniment de tact et de sagesse, mais la tendresse ne peut se passer ni de l'un ni de l'autre, et un dévouement qui se faufile sous les portes, pénètre dans votre armoire et se loge dans vos poches, empoisonne votre vie aussi sûrement que pourrait le faire la haine la plus raffinée.

D'autant mieux qu'on est désarmé par la sincérité de ces moustiques bienfaisants qui ont juré de veiller sur vous :

Que dire à un être dévoué qui se jette à chaque pas dans vos jambes pour écarter les cailloux du chemin ?

— Ne bois pas ce sirop.

— Mais je meurs de soif !

— Fais-le pour moi, je t'en conjure. Mets ce bonnet, endosse cette flanelle, renonce à ce voyage, évite la chaleur et redoute le froid... si tu m'aimes, ne mange pas d'épinards.

On s'abandonne d'autant plus aisément à ces façons d'inquisiteur affectueux et sensible, que le mouvement instinctif de celui qui aime est d'absorber en soi l'objet de sa tendresse et, si j'ose le dire, de le manger tout cru.

L'affamé qui *dévore* de baisers son amie et l'*étouffe* de caresses a-t-il vraiment pour unique préoccupation le désir de lui être agréable? Je ne le crois pas.

Qui dit amour dit besoin de possession et l'on ne possède qu'à la condition d'être le maître. En sorte qu'il y a toujours en pareil cas un vainqueur et un vaincu.

Mais si la tendance est réciproque?

— Eh bien alors, l'amour est une alternative de victoires et de défaites : chacun à son tour mange un morceau de son camarade et il est clair que cela ne peut pas durer éternelle-ment.

Voyez ces drames, ces romans où l'on a voulu peindre l'amour au naturel; n'est-ce pas épou-vantable? toutes les furies de l'enfer y semblent déchaînées et ce n'est que carnage et désola-tion.

Et lorsqu'après nous avoir fait passer par toutes

les péripéties de l'aventure, l'écrivain en arrive à ce point culminant des dernières pages où les pauvres amoureux, réduits en lambeaux s'épousent et vont être heureux, l'intérêt cesse tout à coup.

Il semble que ce dernier tableau de félicité pure n'ait rien de commun avec ce qui précède. Ces deux êtres calmes et béats ne sont certes pas les enragés qui se démenaient si fort dans le chapitre précédent et l'on n'a plus devant soi qu'un brouillard incolore et sans forme.

C'est qu'en effet, la tendresse profonde mais respectueuse et calme qui constitue le bonheur conjugal et en assure la durée, n'est nullement la conséquence d'une passion violente.

Il y a là deux sentiments d'un ordre différent; bien rarement ils se succèdent dans le même cœur, mais jamais ils ne s'y confondent.

Dans l'amour passionné il y a exaltation, ivresse, oubli de toute contrainte ; dans la tendresse durable, il y a, au contraire, prudence et mesure, délicatesse, estime et respect réciproques.

Jouir du bonheur des autres autant que du sien propre, ou pour mieux dire : faire son bonheur de celui du voisin, prouve un raffinement du cœur et de l'esprit qui ne court pas les rues. C'est plus que de l'art, presque de la vertu.

Il y a, d'ailleurs, un charme délicieux à subir ces contraintes volontaires, à s'observer soi-même incessamment par amour de son compagnon de route.

Laissons les fous et les sots se vautrer dans leur tendresse. Encore une fois, c'est aux attentifs et aux discrets que sont réservées les joies de l'intimité.

Le mot civilité — est-il encore dans le dictionnaire, ce mot charmant ? — est une vieille expression féodale. On entendait par là ce code d'usages et de conventions indispensables aux hommes, pour vivre dans la même cité. Or la cité, entre toutes, où la civilité soit le plus nécessaire est celle où l'on n'est que deux.

Plus la voiture est étroite et plus il faut s'observer pour ne pas être insupportable au voisin.

Vous voulez vivre en commun? — Souffrez alors la pression du lien qui vous unit.

Et puis, en somme, se gêner un peu pour les autres est le seul moyen pratique et honnête d'obliger les autres à se gêner pour vous, et le meilleur d'être à l'aise, par conséquent.

Cette gêne est un impôt qu'en détail ou en gros il faut toujours subir; n'est-il pas plus habile d'offrir d'avance son obole et de payer sa dette en petite monnaie?

Croire que l'amour indépendant et sans étude suffit à tout, résiste à tous les chocs et a la vie d'autant plus dure qu'il est plus violent, est une énorme erreur : la passion est comme ces hercules qui soulèvent une maison sur leurs épaules, mais ne supportent pas un rhume de cerveau.

Ce sont les petits refroidissements qui sont redoutables, les vents coulis, imperceptibles et persistants, ce sont ces mille petites secousses périodiques qui ébranlent, concassent, émiettent tout aussi bien qu'un coup de marteau.

Les amoureux et les patriotes capables de se jeter du Pont-Neuf en plein midi pour donner de l'air à leur passion ne sont pas rares. Le difficile à rencontrer, c'est celui qui fait à son amour ou à sa patrie le sacrifice quotidien et obscur d'une simple tasse de café.

Le héros véritable, c'est l'homme vertueux qui travaille en chambre, sans l'écriteau qui, de la rue, indique au monde l'étage et le nom du fabricant.

Si la tendresse conjugale mérite véritablement le nom d'amour, c'est à l'heure où cessant d'être un plaisir et comme l'enivrant superflu de la vie, elle devient un bonheur nécessaire, c'est à l'heure où se dépouillant de ses côtés charnels, elle s'idéalise et se purifie, où, moins brûlante, elle réchauffe davantage et plus profondément. Si enfin deux âmes peuvent, en ce bas monde, non pas se confondre mais se comprendre, ce sont celles de deux vieux époux unis ensemble par toute une vie d'intimité.

L'amour en cheveux blancs est-il donc un paradoxe ou une plaisanterie ? Les chansons du penseur Désaugiers et de tant d'autres philosophes ont-elles donc tout dit ? Monsieur et madame Denis, de grotesque mémoire, résument-ils l'humanité ? Est-il vrai que l'amour, en vieillissant, devienne repoussant comme un vieux polisson fardé qui fait l'ingénu sous sa perruque blonde ? L'esprit français n'a-t-il pas vu autre chose ; est-ce là tout ?

Non certes. Plaisante qui voudra ces derniers baisers qui ne se donnent plus avec les lèvres mais avec le cœur ; plaisante qui voudra ces derniers serrements de main : je vois pour ma part dans l'effusion de ces deux vieillards la plus sainte et la plus profonde des tendresses humaines et je m'incline devant elle comme devant ces lueurs saintes qui annoncent le voisinage de Dieu.

Assurément, cet amour final est plus rare

7

qu'on ne croit, car on ne peut le faire naître à
son gré, il est la récompense d'une longue vie
commune et comme la fleur idéale de cette intimité du cœur et de l'esprit que la plupart ne sont
pas faits pour comprendre. Pour que deux êtres
soient unis de la sorte, il faut qu'ils aient partagé,
durant de longues années, les mêmes joies, les
mêmes peines, les mêmes rêves ; il faut qu'ils
aient bien véritablement vécu la même vie, non
seulement par le cœur mais par l'esprit, que
chacune de leurs pensées, de leurs actions, de
leurs paroles ait ajouté quelque chose à l'estime
réciproque et que, riches de tout un passé qui
leur est commun, ils puissent, sans l'ombre d'un
remords, compter ce trésor amassé pièce à
pièce.

Qui donc en parlera, de ces deux êtres qui
depuis quarante ans marchent côte à côte, s'aiment, s'estiment et se soutiennent, rêvent,
prient, jouissent et souffrent ensemble ? Qui
donc en parlera de ces vieux amis dont les cœurs
sont soudés l'un à l'autre et vibrent à l'unisson,
dont les âmes se reflètent mutuellement comme

deux miroirs où le passé, le présent et l'avenir se confondent dans la même image.

Cette longue communauté de leur cœur, cette habitude de tout partager, se traduit au dehors par des gestes, des allures presque pareils et parfois il s'établit entre eux une ressemblance physique qui les ferait prendre pour le frère et la sœur.

Cependant, aussi étroitement unis, aussi sûrs l'un de l'autre qu'on peut l'être, ils soignent leur affection comme si elle pouvait leur échapper. Je ne sais quel parfum de tendresse printanière persiste dans leur vieille amitié. Ils entourent leur amour d'égards, de respects, de prévenances. Les raffinements de leur courtoisie sont un aveu constant de l'estime qu'ils se portent. Leur abandon a des pudeurs ; ils s'aiment avec recueillement, et, jusque dans l'intimité, conservent des scrupules et des délicatesses qui ressemblent à de la dévotion.

V

Mon cher ami, Georges est arrivé ce matin avec son petit paquet, comme un vrai pèlerin, muni de sa besace. Et le voilà ici pour toutes les vacances de Pâques. Dès demain il montera sur son poney et les deux amis iront, l'un portant l'autre, vous demander à déjeuner.

Joseph, qui les accompagnera, bien entendu, se chargera, si vous le voulez bien, des livres que vous m'avez promis; mais deux volumes me suffisent; que le paquet ne soit pas trop gros afin qu'on puisse l'attacher à la selle de Joseph et que ce dernier ait les mains libres pour accompagner son petit maître. J'y tiens absolument.

Exigez, n'est-ce pas, qu'il ait les mains libres ; je vous en prie. Il est vrai que les chevaux sont doux, mais que sait-on !

Tout m'inquiète, lorsqu'il s'agit de mon petit garçon : j'ai maintenant des raffinements de sensibilité qui ressemblent à de la maladie. Je l'aime trop... je l'aime mal. La raison me dit des choses admirables, mais ma tendresse est sourde et n'entend plus rien.

Eh, mon Dieu, les pauvres vieilles si proches de leur fin sont bien excusables d'être faibles et de s'abandonner un peu au courant de leur cœur.

Le temps ne nous a-t-il pas assez dépouillées de tout ce qui plaît et qui charme ? Ne sommes-nous pas assez loin de nos petits-enfants pour les repousser encore par la gravité de notre personnage et la rigidité de nos avis ? Faut-il glacer leur ardeur de notre sagesse, engluer leurs ailes de notre expérience ?

Notre sagesse, notre expérience !... sont-elles donc infaillibles, sommes-nous assez sûres de ces remèdes pour en gratifier ceux que nous aimons ?

Les vieillards commettent moins de fautes que les jeunes : j'en conviens, mais cela veut-il dire que leur vertu soit plus solide ou que l'occasion de faillir soit pour eux moins fréquente ? Nos défauts s'affaiblissent en même temps que nous-mêmes, et nous les croyons morts parce que nous n'avons plus la force de les réveiller.

Comme il est heureux, en somme, que la responsabilité cesse précisément à l'heure où l'on ne pourrait plus en supporter le poids et que les grand'mères n'aient plus à guider leurs petits enfants. Il est certain que, pour ma part, je n'aurais jamais eu le courage d'emprisonner mon petit Georges dans un collège comme celui-là, notoirement connu pour ses tendances égalitaires.

Mais mon fils aîné, qui n'est pourtant pas l'homme des idées modernes, il s'en faut, a sur l'éducation des principes inflexibles : il prête toujours aux autres la force et l'énergie qu'il a lui-même et, dans certaines circonstances, reste un peu trop colonel en dehors du régiment. « Plus l'épreuve est rude, » dit-il, « et plus il est salutaire d'y soumettre les enfants de bonne heure. Il faut ne pas leur dissimuler les difficultés qu'ils rencontreront plus tard et les habituer à voir le monde tel qu'il est... »

Tout cela est fort bien, mais je trouve trop sévère d'enfermer ces pauvres petits dans de vilaines casernes, alors que l'air et l'espace sont le plus nécessaires à leur petite âme et que leur corps a le plus besoin de mouvement et de liberté ! Est-ce qu'on descend à la cave les jeunes pousses d'avril pour faciliter leur épanouissement ?

Épreuve nécessaire, dit-on : peut-être est-elle nécessaire, en effet, pour certaines natures indomptables, mais parce qu'il y a des enragés faut-il donc mettre à tout le monde la camisole de force ?

Parce que la majorité des enfants est paresseuse et lente à comprendre, doit-on contraindre ceux qui ne sont ni paresseux ni sots à l'éternelle routine, au rabâchage écœurant, aux soumissions inutiles et partant odieuses ? Et ce contact, ce frôlement incessant qui use, arrondit, vulgarise; et cette vie en commun qui flétrit toutes les délicatesses, écrase toutes les originalités, réduit l'élite à une basse moyenne et ne fait du tout qu'un troupeau!

Le collège est l'image de la vie! oui, de la vie des coupables détenus dans une maison de correction.

On parle de l'effacement des caractères, de la platitude de notre société : comment, Dieu du ciel! ne serait-elle pas plate au sortir de ce laminoir démocratique qui réduit tout en galette?

Et n'allez pas me dire que l'insouciance de l'enfance rend l'épreuve moins pénible : les enfants sont, au contraire, plus impressionnables que nous, étant plus neufs. La peine et la joie pénètrent dans leur cœur tout droit et jusqu'au fond.

Si vous aviez vu hier le pauvre petit, comme il vous aurait touché! D'abord, il a fait bonne contenance, à cause de sa coiffure militaire, de ses boutons d'or et du liseré rouge de son pantalon, mais lorsque nous nous sommes retrouvés seuls dans ma chambre, comme autrefois, et que, assis sur le petit tabouret, ses mains dans les miennes, sa tête sur mes genoux, il m'a ouvert son cœur, j'ai bien vu ce que le pauvre petit a souffert pendant ces trois mois de réclusion.

Cette bande de gamins le sentant aussi délicat de corps que d'esprit, le voyant réservé, un peu hautain peut-être, étranger à leurs mœurs, ignorant de leurs jeux, l'a d'abord traité comme un paria et, pendant six semaines, le cher enfant a été le souffre-douleur de cette marmaille.

Un d'Orchamp! vrai Dieu, la triste époque!

Cela a commencé le soir même de son entrée : le pauvre petit, ne croyant pas mal faire et s'étant, suivant sa coutume, agenouillé au pied de son lit pour faire sa prière du soir, il s'est élevé dans le dortoir un tel concert de rires et de moqueries que le garde, le maître, le surveillant... je ne sais comment ces gens s'appellent, a dû intervenir, mais d'une façon que vous ne soupçonnez pas.

« Orchamp, » a-t-il dit à Georges, « je n'aime

7.

pas les singeries; faites comme tout le monde. »
Et comme Georges répliquait avec une soumission sans doute un peu malicieuse :

« Monsieur, pourrai-je faire ma prière dans
mon lit ? »

L'autre, quelque enfant de la rue, peut-être,
croyant à une impertinence, l'a puni sévèrement.

Et le lendemain, à la récréation du matin,
cette bande de vauriens s'acharnait après lui,
l'entourait en dansant, l'appelant jésuite, sacris-
tain; quelques-uns même, de futurs ministres,
sans doute, le saluaient par dérision de son titre
nobiliaire...

A un certain moment, il leur a dit en serrant
le poing : « Que vous ai-je fait pour nous insul-
ter, ma famille et moi ? »

Trouvant très comique ce mot qu'ils ne com-
prenaient pas et qui est d'un autre âge en effet,
leur gaîté n'a plus eu de bornes et ils ont voulu
le battre...

Les pères de ces drôles nous coupaient la tête;
en vérité, j'aimais mieux cela.

Mais ce qui est plus triste encore que tout cela, c'est la façon dont s'est calmée cette tempête :

Ne connaissant pas bien les mœurs de ce collège et ignorant ce qui s'y était passé, j'avais mandé à maître Lamblein de faire compter à Georges deux ou trois louis pour lui permettre de traiter ses camarades et de faire avec eux une petite ripaille de gâteaux ; de sorte qu'un certain jeudi matin, la personne chargée de distribuer la somme accordée à chacun pour ses menus plaisirs de la semaine, étalait vingt écus sur le pupitre de Georges.

« Alors, grand'mère, » me dit-il, « ils m'ont regardé avec des yeux extraordinaires et de tous les côtés de la classe on me faisait passer des billets pour me demander d'être mon *copain* de promenade. Vous savez, grand'mère, copain veut dire ami, camarade, associé. Eh bien, ceux qui m'avaient le plus tourmenté étaient justement ceux qui montraient le plus d'empressement.

Un grand rouge, qui s'appelle Godot, et qui

est le plus fort, m'a pris le bras à la récréation et m'a dit :

« — D'Orchamp, j'ai toujours été ton ami
« au fond et ceux qui te regarderont de travers
« auront affaire à moi. Je serai près de toi à la
« promenade, et si Cotu t'approche !... Tu sais
« pourquoi Cotu déteste les nobles ? C'est parce
« que son père est épicier. Veux-tu que j'aille
« tout de suite le rosser ? Moi, j'ai une parente
« de ma grand'mère qui a été en émigration ;
« je comprends la noblesse. Non, mais dis-le,
« si tu veux que j'aille rosser Cotu, ça ne sera
« pas long ! »

Grand'mère, je vous demande pardon de prononcer devant vous tous ces vilains mots, mais c'est pour vous faire mieux comprendre. Oh ! maintenant, c'est fini... je n'ai plus que des amis. J'en ai... pour soixante francs ! »

Et en disant cela il s'est jeté dans mes bras en pleurant. Belle petite âme délicate et noble; Dieu te garde ! tu en auras besoin. Bonsoir, mon ami. Pas un mot de tout cela à Georges quand vous le verrez demain.

Pauvre enfant, que deviendra-t-il ?

Les délicats ne sont pas vêtus pour le voyage de la vie ; ils n'ont pas, ces favoris du ciel qui sont en même temps les déshérités de ce monde, ils n'ont pas la botte grossière qui résiste aux cailloux et ne craint pas la fange. Ils n'ont pas ce manteau de vulgarité nécessaire qui défie les épines et rend insensible à l'orage. Dès le premier pas, ils sont transpercés, meurtris et sanglants.

De combien de douleurs ne paient-ils pas cette clairvoyance qui les fait supérieurs aux autres ! On n'est pénétrant qu'à la condition d'être facilement pénétrable ; c'est la sensibilité qui raffine le jugement ; c'est sur son propre cœur qu'on aiguise la lame dont on fouille l'âme d'autrui.

Chagrins imaginaires que ceux de ces excentriques, dit le public en passant, piqûres insignifiantes... Qu'en sait-il, ce gros ? qui dira ce qu'un excès de finesse peut grouper de douleurs autour d'une égratignure ?

Faut-il juger la blessure à la grosseur de

l'arme qui l'a faite, ou bien à la gravité des dé-
sordres qui en ont été la suite? Coup d'aiguille,
coup d'épée... qu'importe, si on en meurt.

Les affaires de ce monde sont de gros ouvrages
qui veulent être exécutés grossièrement ; il ne
faut pas vouloir les trop pénétrer et user ses
forces à y chercher des nuances qui, le plus
souvent, n'y sont pas.

C'est le défaut des délicats que de chercher
chez les autres les finesses qui sont en eux.

On ne se fait une place parmi les hommes
qu'à coup de pioche et de marteau. Vous me
direz que, pour se servir efficacement de ces
outils, l'adresse est nécessaire ? — Oui, assurément, il faut être bon ouvrier, mais si habi-
lement que l'on tienne le manche, c'est d'ordinaire la chance qui dirige le coup, et l'assurance
d'un demi-sot qui a le bras leste et croit en lui
est cent fois préférable à la recherche d'un esprit
subtil qui observe, combine et ne s'abandonne
pas.

Pour bien tirer le lapin, à ce que j'entends
dire, on jette son coup de fusil, sans plus de

façon. Le roi de la chasse n'est pas celui qui a les meilleurs yeux et qui vise·le plus soigneusement.

Pour cheminer tranquillement dans la vie, il ne faut pas y voir trop clair.

Les esprits élevés sont des virtuoses, mais des solistes, jouant en dehors de l'orchestre des airs que le monde n'entend pas.

Une belle idée n'est digérée par le public que hachée menue et cachée sous la sottise comme la rhubarbe dans une cuillerée de confiture. Et encore le patient fait-il souvent la grimace à cause de l'arrière-goût.

J'ai toujours vu la masse juger les choses par leur côté bête et courir à l'absurde comme le fer à l'aimant. Pour elle, l'homme obèse qui brise une chaise en s'asseyant est un être puissant à qui rien ne résiste. Elle estime la valeur du savant à la grandeur de ses lunettes, le génie d'un capitaine à la hauteur de son plumet, et l'âme du patriote à la sonorité de sa voix.

Ne me parlez pas de la masse : c'est un bœuf bon à tirer un char, mais incapable à coup sûr

de le conduire. Il est inconscient de sa stupidité,
ce bœuf, voilà sa force. Inconscient aussi de
l'anneau qu'il a dans le nez, et c'est à l'heure
où il tire le plus vigoureusement sous le joug
qu'il croit triompher avec le plus d'éclat.

Les délicats et les imbéciles sont exposés ici-
bas aux mêmes accidents et la foule les confond
volontiers, car l'opinion publique est comme
une balance qui, au delà de certains poids, devient folle et se brise.

Le monde juge un crime ordinaire ou une
bonne action de moyenne grosseur avec la pré-
cision que donne l'habitude. Mais en face d'une
énorme infamie ou d'un acte héroïque, il a le
vertige, ses idées se brouillent et il peut fort
bien prendre le héros pour l'infâme ou l'infâme
pour le héros.

Le sublime et le délicat sont comme les montagnes très hautes et les très petits grains de
sable que la foule ne peut apprécier sans lunettes.
Ce qui convient donc dans la vie, pour y être
goûté, c'est une intelligence moyenne, ni trop
subtile, ni trop épaisse, ni solide, ni gazeuse,

mais entre les deux... liquide, si vous voulez ;
c'est un mélange savant de bêtise et de finesse,
de sens commun et de bon sens... vanille et pis-
tache.

Les doses, d'ailleurs, sont extrêmement diffi-
ciles à préciser, et l'on pourrait écrire tout un
livre là-dessus. Quel joli sujet à nuancer !

Il est vrai que l'on aurait peu ou point de lec-
teurs, et ce serait là, j'imagine, de la musique
perdue, par ce temps de cornets à pistons.....

Car on dit que nous rentrons dans l'âge de
fer ; n'est-ce pas plutôt dans l'âge des cuivres
qu'on nous pousse ? Mes vieilles oreilles n'entendent plus que fanfares de guinguettes... Ah !
mes violons, mes pauvres chers violons, que
vous êtes loin !

La morale de tout cela, c'est qu'il faut, quand
on voyage, avoir dans son gousset la monnaie
du pays. La société ressemble à ces magasins de
confections où l'on se vêt à très bon compte à
la seule condition d'avoir la taille ordinaire. Ces
hardes manquent d'élégance, je vous l'accorde,
mais, après tout, elles sont épaisses, solidement

cousues, et il vaut mieux avoir chaud sous une pelure vulgaire que de marcher tout nu ou de rester au lit.

Et puis, il s'agit bien d'élégance ! vous parlez comme un berger d'éventail. Aux époques sérieuses, monsieur mon ami, on s'habille et on mange pour ne pas mourir de faim et ne pas crever de froid, rien de plus. Certains réactionnaires prétendent que l'égalité n'est pas dans la nature. Cela est possible, mais il n'en est pas moins vrai que ce poison, si artificiel qu'il soit, pénètre lentement, sûrement, dans la société où il généralise la maladie de l'ordinaire qui est, ce me semble, l'anémie des sociétés très fatiguées.

Pour mener les hommes, il ne faut pas les dominer de trop haut. Le héros accepté par la masse conserve toujours à ses bottes un peu de la boue du chemin : certaines faiblesses, certaines vulgarités font plus pour sa gloire et son crédit que les plus hautes conceptions de son intelligence, car la foule aime à se retrouver dans celui qu'elle acclame, et si elle ne s'y retrouve pas, elle le nie.

Même dans le Dieu qu'ils adorent, les hommes cherchent la trace de leur propre nature, un peu de leur pâte pour ainsi dire, et quelque chose comme un lien de parenté. Il faut que leur Dieu éprouve les émotions qui les agitent eux-mêmes : tendresse, jalousie, colère, compassion ; ils ne peuvent le comprendre enfin sans un cœur d'homme, car au fond, c'est leur propre apothéose qu'ils cherchent dans la Divinité. Ne nous indignons pas ; Dieu permet qu'il en soit ainsi. C'est parce qu'il consent à ne pas être Dieu tout à fait qu'on lui dresse des autels. Il veut que la fibre humaine dont il enchaîne sa grandeur, le retienne visiblement à la terre, afin qu'il y ait un chemin par où la prière des hommes puisse monter jusqu'à lui.

C'est en s'incarnant pour ainsi dire dans sa créature, en voilant l'insondable mystère de son infini qu'il donne à l'homme la possibilité, non pas de le comprendre, mais de le pressentir.

Les lumières trop vives, les foyers trop ardents nous aveuglent et nous consument avant que nous en ayons conscience, et ce n'est qu'à l'abri d'un écran que nous pouvons nous en approcher.

Pareillement, la vérité n'est plus pour nous qu'une abstraction vide de sens si elle ne se voile de mensonges plus ou moins transparents.

Une idée ne se vulgarise qu'en se faisant vulgaire par certains côtés. Tout ce qui devient populaire est un peu peuple.

C'est là une loi à laquelle on ne peut se soustraire : nous tenons tous à la terre par les deux pieds; bien heureux quand ce n'est pas par les quatre pattes.

Les meilleurs d'entre nous sont comme le concile de Trente dont parle Fra Paolo; ils ont en eux une populace.

Pour une pauvre petite fleur qui s'épanouit dans l'âme, que d'herbe, seigneur, que d'herbe!

Et toute cette verdure est, il faut bien l'avouer, le plus clair de notre alimentation. Bon gré, mal gré, nous faisons partie du grand troupeau qui s'en va broutant par le monde la tête basse, la clochette au cou. N'est-ce pas par cette communauté de pâturage que les hommes comprennent leur fraternité ?

Si j'étais fée et que, pour doter mon filleul, j'eusse à choisir entre l'esprit et la bêtise, je dirais, sans hésiter :

Qu'il soit bête !... pas trop si c'est possible ; mais enfin, qu'il le soit, afin de ne pas vivre en ce monde comme un paria.

Vous rappelez-vous l'opinion de Montaigne sur les gens vulgaires ?

« Leur âme, dit-il, pour être plus crasse et obtuse est moins pénétrable et agitable ? Pour Dieu, s'il en est ainsi, tenons dorénavant eschole de bêtise ; c'est l'extrême fruit que la science nous promet, auquel cette-cy conduit si doucement ses disciples. »

C'est qu'en effet, la simple bêtise donne plus sûrement le calme et le bonheur que ne sauraient le faire l'esprit et la sagesse.

N'avez-vous pas rencontré cent fois des imbéciles dont la béatitude donnait envie ?

Malheureusement n'est pas bête qui veut :
l'étude ne suffit pas, il faut la vocation, et ren-
drait-on cette *eschole* de bêtise gratuite et obliga-
toire, qu'on ne parviendrait pas à bêtifier tout le
monde sans exception ; il y aurait toujours à la
queue de la classe quelques pauvres diables
d'esprit, absolument rebelles.

Vous croyez que je plaisante ? — Eh bien,
mon ami, vous vous trompez. Quand je vois ce
que les hommes font de leur intelligence, en
politique et ailleurs, quand je vois combien de
souffrances secrètes, combien d'inquiétudes et
d'agitations stériles cause d'ordinaire un esprit
délicat, en vérité, la bêtise m'apparaît comme un
baume.

Au milieu de cette société démocratique, les
pauvres délicats me font l'effet d'Indiens en chemise de mousseline subitement transportés des
bords du Gange au plus encombré de la rue
Saint-Denis. Le vent, le froid, les passants qui
les heurtent, les omnibus qui les éclaboussent,
les charrettes qui les accrochent... tout est souffrance pour ces malheureux.

Les délicats, pas plus que l'Indien en mousseline, ne comprennent le monde qui les entoure;
ils s'étonnent qu'on marche, alors qu'ils ont des
ailes et se demandent sincèrement si c'est par
esprit de contradiction que l'on piétine de la
sorte. Une platitude toute simple leur paraît si
peu naturelle qu'ils la prennent souvent pour une
ruse, et il est rare que dans un imbécile tout
d'une pièce ils ne supposent pas un double fond.
De sorte qu'ils observent, s'inquiètent, allument
des lanternes sourdes, se perdent dans des cou-
loirs imaginaires, démontent la serrure au lieu
de pousser la porte...

Ah! quand les gens d'esprit se trompent, il
faut l'avouer, c'est... dans la perfection. Ils
apportent instinctivement des raffinements et des
coquetteries d'exécution qui rehaussent étrange-
ment leur ouvrage. Leurs erreurs sont naturellement hors ligne et ont des allures de petits
chefs-d'œuvre qui attirent l'attention, de sorte
qu'ils ont toujours l'air de se tromper double.

Ils pourraient, il est vrai, se consoler de leurs
déboires par la conviction de leur propre supé-

riorité ; mais comment, à la longue, ne pas douter un peu d'une supériorité qui cause tant de
désillusions, comment ne pas se demander si
l'exquise sensibilité de l'esprit n'est pas, en
somme, une réelle infirmité ?

Bientôt ils n'ont plus en eux-mêmes qu'une
confiance théorique et, sans cesse ballottés entre
la conviction d'avoir bien regardé et la certitude
d'avoir mal vu, trop fins critiques d'ailleurs pour
ne pas comprendre leur isolement, trop philosophes pour s'en étonner, trop fiers aussi pour
s'en plaindre, ils augmentent volontairement
la solitude qui se fait autour d'eux ; s'arrêtent à
l'ombre et, de loin, regardent passer la foule,
découragés et malheureux.

Pauvres chers déclassés, vous n'êtes encore
que des inutiles ridicules ; Dieu veuille que
demain vous ne deveniez pas des ennemis publics
et dangereux !

VI

J'étais partie pour Paris avec un certain contentement. J'étais heureuse d'abord d'assister au mariage de mon neveu, et puis aussi je ne sais quelle ardeur voyageuse m'était tout à coup montée à la tête et me poussait hors de mon vieux logis.

C'est ainsi que du milieu des cendres, éteintes depuis longtemps, une étincelle jaillit parfois.

Je me disais : profitons des dernières heures, allons revoir avant de mourir la maison où est né mon fils Robert, allons retrouver nos impressions de jeune femme et saluer une dernière fois cette belle grande ville aimable et hospitalière où je fus heureuse.

Que j'eusse mieux fait, grand Dieu, de ne pas quitter le coin de mon feu! Je n'ai rien retrouvé de ce que j'avais connu.

Ils brisent tout, on dirait qu'ils se vengent. Sont-ils fous ou malades?

Dans tous les cas, c'est un lugubre spectacle que celui de ces trouées faites au cœur d'une ville, de ces maisons éventrées, de ces montagnes de ruines, de tout ce passé qui disparaît pour faire place à un avenir inconnu. Ce carnage en pleine paix ne ressemble-t-il pas à un châtiment, et la libre circulation des omnibus peut-elle compenser l'effondrement de tant de souvenirs?

Société française, ma mignonne, n'es-tu pas bien vieille pour renouveler ainsi ton mobilier, faire peau neuve, te farder en fillette et oublier jusqu'à ta langue?... Ne prends-tu pas ton testament pour ton contrat de mariage?

Ton sang bout, dis-tu, l'ardeur t'emporte, tu veux être jeune, tu veux commencer une vie nouvelle infiniment plus brillante que l'autre.

Les vieillards et les lampes qui s'éteignent ont aussi de ces éclats trompeurs.

Tu blasphèmes, tu casses les carreaux comme un polisson à ses débuts; ayant piétiné sur ton passé, tu crois n'en plus avoir et tu te grises avec ta valetaille, à la façon des fous de vingt ans qui dévorent l'héritage de leur oncle.

Tout cela est bien, mais comme tu seras malade demain matin après cette bombance, imprudente coquette! As-tu donc oublié qu'à ton âge on soupe d'une tasse de tisane si l'on ne veut mourir d'indigestion?

On ne se refait pas jeune à volonté, vieille amie, on se conserve, rien de plus.

Pauvre passé! cher cimetière dont on déterre les morts pour en jeter les cendres au vent. Vieilles demeures, vieilles croyances, vieux respects, qui vous remplacera?

Ainsi qu'il est dit dans ce beau livre sur la *Cité antique* que je relis en ce moment pour me remettre un peu le cœur :

« Foyers éteints, familles éteintes ». Ne pourrait-on pas ajouter : « Pays perdu. »

Mais déjà le mot foyer n'a plus sa noble acception; il nous faut faire un effort pour nous rappeler que le calorifère et la cheminée à la prus-
sienne ont une origine sacrée.

Qui donc maintenant écouterait sans bâiller
ces belles pages toutes simples qui font si bien
comprendre ce que fut autrefois la flamme qui
brillait nuit et jour au milieu de la demeure. Je
ne connais rien de plus poétique et de plus touchant. C'était sur l'autel de ce dieu du logis,
toujours présent et toujours adoré, que l'on dé-
posait, avant de manger, les prémices de la
nourriture; que l'on répandait, avant de boire,
la libation du vin; c'était en lui que se perpé-
tuait le souvenir des morts, car « les ancêtres
étaient associés dans le respect des hommes
et dans leurs prières », et c'est au passé que l'on
demandait de guider l'avenir.

Ce qui est remarquable, c'est que ce culte du
foyer domestique est antérieur à tous les autres ;
c'est que le sentiment de la famille, le respect
du père, l'amour de l'enfant, ont été les premiers élans religieux qui soient sortis du cœur

humain. Ce que j'admire, c'est cette divinité intime, si noble et si grande dans sa familiarité bienfaisante ; c'est ce Dieu sorti de l'âme même de ses enfants, c'est ce Dieu qui sèche les vêtements mouillés, cuit les aliments, réchauffe le vieillard et l'enfant, assainit la demeure, se laisse en quelque sorte toucher du doigt, sans rien perdre pour cela de sa grandeur.

Le cœur de l'homme est vaste en vérité.

Ce que j'admire, c'est cette religion qui ennoblit, purifie l'intimité, fait de la cabane un temple, vivifie tous les cœurs, resserre tous les liens, divinise toutes les tendresses, rend sacré l'âtre même de la cheminée, fait que la maison tout entière, avec ses poutres et ses pierres, est comme empreinte du plus pur sentiment religieux et établit une sorte de lien mystérieux entre la famille et le toit qui l'abrite.

Mais quel intérêt, même archéologique, peuvent avoir ces antiques croyances pour les hommes d'aujourd'hui, pour des êtres nomades et affairés qui naissent ici, meurent là-bas, aiment un peu partout, au hasard des alignements ?

8.

Et cependant, tous les feux ne sont pas éteints, tous les autels ne sont pas brisés : il est encore de rares demeures comme oubliées dans quelque coin et à l'aspect desquelles on sent dans son cœur l'écho lointain de la prière antique. Tout au fond de notre vieille France, à l'ombre de la grande forêt, je connais une de ces demeures bénies, toute pleine de souvenirs, toute chaude de tendresses, où chaque génération a laissé sa trace, sans rien effacer de ce qui l'avait précédée.

Merci, mon Dieu, qui avez voulu que cette demeure-là fût la mienne, et m'avez permis d'y mourir en vous bénissant.

Oui, vraiment, ce qui m'a le plus étonné dans ce Paris nouveau, c'est la disparition presque complète de ces habitations modestes ou somptueuses ayant une physionomie particulière, une sorte d'individualité qui reflétait celle de leurs propriétaires ou de leurs habitants.

On ne voit plus de ces vieilles maisons que les gens de la même famille se transmettaient d'âge en âge et dont on disait : *chez nous*. On ne voit plus de ces enseignes flétries et vieillottes que les enfants et les petits-enfants du boutiquier conservaient, comme une relique qui leur porterait bonheur et comme un témoignage d'honnêteté commerciale.

Plus de ces cours et de ces jardins qui rendaient le logis plus intime et mettaient à l'abri des indiscrétions de la rue.

Plus de fantaisie d'originalité, plus rien de ce qui révèle l'indépendance et la dignité de l'individu. Je ne sais quelle main despotique et terrible a pétri cette société en une masse incolore et banale, en un monstrueux *tout le monde* où il n'y a plus personne.

Toutes les rues deviennent pareilles, toutes les maisons, alignées comme les bâtisses d'un immense pénitencier, sont de même hauteur et se ressemblent à s'y tromper. Sont-ce des palais, des auberges ou des tripots ? On ne saurait dire.

Quel est le roi de féerie ou le marchand de pas-
tilles du sérail qui importa cette architecture
cosmopolite ? D'où viennent ces somptuosités
de concierge affranchi; d'où vient le luxe qui
s'étale sur ces façades comme la lèpre de la
bêtise et de l'envie?

Tout d'ailleurs semble réglementaire dans ces
établissements où l'on gîte à l'année ou au mois.
Par exemple, les pièces réservées au même
usage sont soigneusement superposées. Les salles
à manger, pour être décentes, sont décorées
suivant un style, dit Louis XIII, qu'on inventa
tout récemment. Dans le plafond, un nuage, et
sur les murs, de nombreuses assiettes plus ou
moins ébréchées, suivant la fortune des gens. Les
boudoirs sont irrésistiblement japonais ou chinois; quant aux salons, ce sont simplement
ceux de Louis XIV; et, dans les chambres à
coucher, la Pompadour se retrouverait les yeux
fermés.

Telle est l'ordonnance générale que l'on
accepte religieusement, car la grande préoccupation de tous ces gens affamés d'indépendance

est de se faire remarquer par leur soumission
aux usages imposés.

Ils ne me paraissent pas d'ailleurs avoir beaucoup à se louer de leur famille, si j'en juge par
la honte qu'ils ont de ce qui peut en rappeler le
souvenir. Personne dans cette société nouvelle
qui conserve le lit de son vieux père et s'assoie
sans rougir dans le fauteuil où on l'a bercé ; de
sorte que les meubles datant du règne de Louis-
Philippe sont tout à fait déconsidérés.

On peut même ajouter qu'en général, tout le
mobilier français, postérieur à la proclamation
de ces immortels principes qui régénérèrent
le monde, passe pour être absolument ridicule.
En revanche, ce qui touche de près ou de loin
à l'odieux ancien régime est recherché avec passion. Chacun veut collectionner ces reliques
détestables et se ruine volontiers pour en posséder quelques-unes.

A l'heure qu'il est, un homme qui se respecte
— et cela sans distinction d'opinion politique —
tient à posséder comme un souvenir de famille
le cure-oreille de Louis XIV ou quelque épingle

à cheveux de la Dubarry. Et cependant, le prix courant de ces objets est prodigieusement élevé, mais on considère comme un devoir d'en acquérir un exemplaire et c'est un sacrifice que l'on fait pour ses enfants.

N'est-ce pas une chose étrange que cette société brisant dans sa haine tous les monuments de son passé pour s'en disputer ensuite les miettes éparses avec une dévotion qui touche au fanatisme.

Je ne serais vraiment pas surprise que tous ces citoyens eussent quelque maladie fort grave; je leur trouve mauvaise mine.

Je les vis autrefois affables, joyeux; il n'était pas alors un homme du peuple qui ne fût prêt à rendre un service et à répondre courtoisement si on lui demandait un renseignement. Ils sont maintenant tristes et revêches; ils chantaient, ils braillent; ils se promenaient, ils grouillent.

Leurs joies mêmes sont à faire trembler, et quand ils s'amusent, on croit qu'ils s'insurgent.

Leurs pièces de théâtre, que j'ai voulu entrevoir, ressemblent maintenant à des combats de

taureaux : ce ne sont qu'assassinats, réalités san-
glantes, basses infamies, brutalités ignobles, et à
la façon avide dont les spectateurs dégustent ces
horreurs, il est clair qu'ils sont mûrs pour les
plaisirs du cirque.

J'avoue, d'ailleurs, ne pas comprendre grand'-
chose à ce que j'ai eu sous les yeux.

Je vois un jour passer un individu du dernier
commun, laid, ébouriffé, fort sale et vautré
dans une voiture comme un ivrogne qu'on
ramène. Je dis :

« Voyez ce butor. »

On me répond : « C'est un ministre » et on
m'assure qu'il est à jeun.

Voilà les accidents qui m'arrivent à chaque
instant, de sorte que je n'ose plus juger personne. Je suis vraiment bien dépaysée. Après
tout, il faut bien l'avouer, ce que l'on appelle
le bon ton a toujours été le plus variable des costumes : au siècle dernier, madame de Matignon
faisait preuve d'une suprême élégance en se
coiffant d'un artichaut entouré de raves et de
carottes, tandis que madame de Clermont-Ton-

nerre, sous l'influence du naïf Rousseau, retour-
nait la salade avec ses doigts.

Au milieu de cette société si délicate et discrète de la Restauration, voyez-vous, tombant
du ciel, l'homme comme il faut du XVIIe siècle,
le marquis empanaché, joufflu, sonore, enva-
hissant, couvert de rubans flamme de punch et
vêtu d'un habit rouge sang de bœuf, avec des
galons d'or dans le dos!

Quelle figure eût fait cet homme à la mode,
et de quel œil eût-il regardé le dandy de 1830,
coiffé de son toupet satanique, atteint d'une
désespérance mortelle, défait, languissant, sépul-
cral, pâle et même un peu vert, consumé par
une flamme intérieure qui lui sort déjà par les
yeux!

Ces deux hommes, assurément, se fussent
trouvés mutuellement fort ridicules, et cependant ne se ressemblent-ils pas beaucoup au
fond? Tous deux n'ont-ils pas pour unique
préoccupation de ne pas être confondus dans la
masse?

La distinction extérieure — la seule dont on

s'occupe dans le monde — n'est, après tout, qu'un moyen de se faire distinguer des autres et, dans cet art difficile, on fait comme on peut.

Le désir de ne pas être commun pousse les gens à devenir étranges et, pour peu qu'ils n'aient pas un grand tact, les voilà monstrueux.

Ils ont en toutes choses des goûts étonnants; leurs opinions ont deux têtes et trois pattes; ils ne regardent que les roses bleues et n'aiment que les poissons qui parlent.

Ces gens surprennent, on les imite, leur maladie se généralise, et c'est ainsi qu'à certaines époques de civilisation avancée, la société tout entière semble prise de vertige.

Et cela dure jusqu'à ce que, parmi ces affamés de mets prodigieux, quelques raffinés retournent à l'ordinaire par esprit de contradiction et inventent le pot-au-feu pour se faire remarquer.

Ce que nous craignons le plus, c'est de passer inaperçus dans le troupeau; et lorsque notre

9

beauté n'est pas de taille à exciter l'enthousiasme d'autrui, nous mettons nos laideurs en évidence pour attirer du moins sa compassion.

A défaut d'éloges nous nous contentons de condoléances : c'est quelque chose encore que l'on grignote, faute de mieux.

Nous nous consolons de ne pas être enviés en songeant qu'on nous plaint. Il y a même des gloutons qui cumulent et trouvent moyen d'exciter à la fois la jalousie et la pitié. Ils ne sont pas rares, ceux qui ramassent les pavés qu'on *leur* lançait à la tête pour s'en faire un petit piédestal et remercient tout bas les ennemis qui leur fournissent ces matériaux.

Tout nous est bon pour nous faire remarquer : nous exhibons, nous parons nos douleurs et nos joies avec une égale sollicitude ; nous mettons autant de coquetterie dans nos sourires que dans nos larmes, et il est peu de chagrins assez profonds pour que, le cas échéant, nous ne les transformions pas en panaches. J'imagine que l'on trouverait sans peine des gens de bonne volonté pour se faire couper la jambe devant un public attentif et curieux, dans une salle bien éclairée.

La maladie qui nous frappe n'est jamais celle de tout le monde ; notre cas est unique ; le docteur n'y comprend rien, et si nous n'osons dire que nos souffrances dépassent celles de tous les autres, nous prétendons du moins souffrir autrement, d'une façon particulière et véritablement digne d'attention.

Écoutez deux malheureux : à peine se seront-ils tendu la main qu'il s'établira entre eux une sorte de rivalité : « Sans doute, dira l'un, votre douleur est cruelle, mais vous ne pouvez savoir ce que je ressens ; si je vous disais !... vous trouverez des consolations ; je n'en ai plus à espérer. Vous êtes atteint ; je suis brisé. »

Quel que soit le terrain où l'on se rencontre, on n'aime pas que le voisin vous dépasse, et je suis certaine que, sur le champ de bataille, il s'est trouvé des mourants qui employaient leur dernier souffle à discuter la grosseur du boulet qui les avait atteints.

Durant ce voyage à Paris, chaque fois que j'ai été passer une heure dans un salon, j'ai éprouvé un mélange d'étonnement et de tristesse en constatant les manières inconvenantes dont les jeunes gens usent auprès des femmes.

Il est vrai que j'ai vécu loin du monde pendant trop longtemps, seule dans mon coin, avec des idées d'autrefois. Je n'ai pas assisté aux transformations que les mœurs ont subies, et le contraste me paraît pénible entre mon passé et leur présent.

Quand je vois mes propres petites-filles se laisser prendre et secouer la main par leur danseur avec une inconcevable familiarité, quand je vois mes chéries enlacées, emportées comme des sultanes par de jeunes mamelouks frisés à l'instar des caniches, qui sont, paraît-il, de la dernière distinction et du meilleur monde, mais que je trouve privés du plus élémentaire savoir-vivre, il me semble vraiment que mes petites-filles s'oublient et je me demande si l'on ne me manque pas de respect.

Non, je ne comprends rien à ces façons

inouïes, à cette absence absolue de réserve et de tenue.

Il n'y avait pas autrefois, entre deux amants, le quart des familiarités apparentes que se permettent à l'ordinaire deux êtres qui se sont vus trois fois. On se parle de si près que la moindre causerie ressemble à une confidence coupable; on se coupe la parole, on se rit au nez, on se penche l'un vers l'autre, on se dévisage…

Il y a dans ces manières une brutalité de forme, un manque de respect, un oubli des nuances qui rise la sauvagerie.

Quoi! faut-il vraiment juger par ces apparences les relations qu'ont entre eux les hommes et les femmes d'aujourd'hui? Ces enragés auraient-ils véritablement supprimé la galanterie comme un retardement inutile; ignoreraient-ils ces soins attentifs et discrets, ces sous-entendus du cœur et de l'esprit, ces finesses, ces contraintes, ces longueurs ineffables, en un mot cet adorable superflu qui est tout?

Mais que leur reste-t-il alors, à ces malheureux? Je n'ose vraiment qualifier ces usages,

puisqu'ils sont admis, mais j'affirme de nouveau
que de mon temps un homme bien élevé n'aurait pas eu auprès d'une fille de chambre les
libertés dont s'accommode maintenant une
femme du meilleur monde.

Ce spectacle, qui m'afflige chez les autres, me
paraîtrait absolument intolérable ici, chez moi,
dans ce salon où toutes choses du passé sont
restées intactes comme les *ex-voto* dans un
sanctuaire. Il me semble que tous ces honnêtes
gens s'agiteraient dans leur cadre d'un air mé-
content et que mon grand-père qui, du haut de
la cheminée, préside en ces lieux, murmurerait
avec colère :

« Ma fille, prétendez-vous transformer notre
demeure en guinguette; sommes-nous ici aux
Porcherons ? »

Ce qui est certain, c'est que les façons d'être
qui font bien accueillir un homme dans un salon,
les en eussent fait exclure autrefois, et ce qu'on
appelle maintenant la politesse est précisément
ce que nous nommions proprement privauté.

Je ne m'étonne pas que certains novateurs

aient eu l'idée de supprimer aussi l'orthographe, qui est la sauvegarde des étymologies. Qu'importe le passé des mots, alors qu'un nouveau baptême en a transformé le sens jusqu'à leur faire exprimer le contraire de ce qu'ils voulaient dire!

Je me souviens que madame de Genlis, parlant des philosophes, prétend que d'Alembert et autres étaient fort mal élevés. D'ailleurs, elle ne s'en étonne pas.

« Quand on n'a pas de principes, dit-elle, on ne saurait avoir du tact et la délicatesse du savoir-vivre ».

Cette marquise n'était pas sotte, quoique entachée d'ailleurs d'un jacobinisme révoltant.

La politesse, en somme, n'est que l'expression laïque et mondaine de la charité chrétienne. Ce que l'homme religieux fait dans un but désintéressé et par élan naturel de son âme pieuse, l'homme du monde le fera par respect des convenances, souci de sa réputation, et dans l'espoir d'une réciprocité nécessaire à son bien-être.

Les mobiles ne sont pas également respectables, mais les résultats obtenus de part et d'autre sont également excellents, et si la politesse n'est en réalité ni de l'abnégation, ni de la modestie, elle en peut tenir la place sans trop choquer.

Faute de mieux on n'a rien de mieux.

Il est bien clair que, même de mon temps, l'homme aimable ne faisait pas du tout le sacrifice de sa personnalité et songeait à lui avant tout, mais il y songeait avec les mille scrupules d'une courtoisie raffinée et parait son égoïsme avec tant d'art, que ce travail suffisait à lui faire des amis.

Il n'imposait pas son mérite, n'obligeait personne à courber la tête; dédaignait le vulgaire plaisir d'écraser son prochain en entrant, mais se réservait la jouissance plus délicate d'amener les autres à lui en ayant l'air de les suivre, de les soumettre en les rendant heureux, de leur passer la chaîne au cou comme on passe un anneau d'or au doigt.

C'est là un art complètement perdu.

L'éducation actuelle ébauche les hommes, mais ne les achève pas, et je ne vois plus que des demi-rustres taillés à coups de serpe, luttant pour la vie avec l'impatience et la brutalité de gens affamés.

Plus de nuances ni de mesure; ils ne sauraient attendre : il leur faut la richesse sans travail, la science sans étude. Le rêve de chacun est de gober du même coup toutes les joies, toutes les ivresses, tous les bonheurs, tous les triomphes. Et ils s'épuisent à revendiquer l'impossible comme un droit primordial. En sorte que jamais société plus sceptique et plus pratique en apparence, ne fut plus profondément enfiévrée par la soif de l'imaginaire et la folie de l'abstraction.

Vainqueurs de la matière, disent-ils, et munis d'engins prodigieux, on les prendrait pour des titans prêts à escalader le ciel. Malheureusement, cet outillage grandit en puissance matérielle à mesure que décroît la force morale de ceux qui s'en servent et, les idées devenant d'autant plus

vulgaires et basses que les moyens de les répandre sont plus nombreux et plus rapides, c'est
la platitude ainsi que la bêtise qui circule par
le monde avec des impétuosités d'ouragan.

Les hommes d'aujourd'hui n'ont de discipline
que pour l'émeute, de force que pour briser.

D'autant plus autoritaires qu'ils sont plus incapables d'obéissance, ils veulent que l'on respecte
leur mépris de tout respect. Ils brisent le sceptre
qui les protège et se prosternent devant le bâton
qui les roue.

Pareils à des sauvages qui ont pillé le navire
que la tempête avait brisé sur la côte, ils ont
dépouillé la noblesse après l'avoir égorgée, et
promènent les lambeaux encore sanglants de la
défroque aristocratique comme des trophées qui
les rehaussent et leur confèrent un titre supérieur.

C'est au nom de l'égalité qu'ils se précipitent
à la curée des privilèges, c'est en criant « liberté »
qu'ils veulent tout asservir, et cette masca-
rade lugubre chante victoire en tombant dans la
boue.

En vérité, j'aurais mieux fait de ne pas aller
à Paris.

Soit que la société moderne marche vers un
but qu'elle ignore, soit que tout simplement elle
galope en cercle, ainsi que cela s'est vu fort souvent dans l'histoire des peuples, le fait est que
ses allures sentent l'effarement de la déroute, et
les illusions se succèdent avec une si effroyable
rapidité, qu'entre deux générations voisines il n'y
a plus rien de commun.

Le premier mot du langage n'est plus papa et
maman, mais bien : ganache et progrès, et l'on
peut dire que les hommes se succèdent à grands
coups de pied dans le dos.

Il y avait autrefois des barrières qui séparaient
les castes, les classes, les nationalités et, jusque
dans la famille, établissaient une hiérarchie con-
sidérée comme nécessaire. Du jour où ces barrières ont paru être un obstacle à l'union plus
étroite des hommes et où leur suppression a
commencé, un abîme s'est creusé entre les individus, et l'isolement de chacun d'eux a été
le profit le plus clair de ce bouleversement

qui devait assurer la solidarité universelle.....

Après tout, Dieu est grand et ses lois nous sont inconnues. Peut-être bien se fonde-t-il quelque chose que nous autres, gens d'autrefois, nous ne pouvons concevoir.

Peut-être dans cet apparent chaos se prépare-t-il une vie nouvelle; qui sait! Il y a des métamorphoses étranges, des crises nécessaires. Mettons que je suis dans mes idées noires et n'en parlons plus.

Je veux cependant noter quelques lignes que le marquis de Beauregard écrivait à la fin du Directoire et qui sont encore justes pour les vieilles mécontentes comme moi :

« La sottise ou la scélératesse sont des instruments aveugles dont madame la Providence se sert pour arriver à ses fins, comme un artiste se sert d'un outil pour exécuter ses ouvrages. La lime sait-elle qu'elle fait une clef? Toutes les personnes exécrables ou risibles qui s'affichent en ce moment sur la scène du monde sont des limes; quand l'ouvrage sera fait, nous nous prosternerons pour le recevoir des mains du grand ouvrier. »

Le signe le plus apparent des transformations qu'a subies la société depuis que je suis au monde est, suivant moi, la suppression de cette courtoisie charmante qui faisait de notre France la plus aimable et la plus facile des nations. Sans distinction de classes ni de fortunes, on trouvait partout, autrefois, bienveillance et affabilité; ces qualités étaient dans notre air; on mettait une sorte d'honneur national à rentrer ses griffes, à ne laisser voir que le moins mauvais côté de soi, et dans nos campagnes même, le plus humble des paysans eût été humilié qu'on pût l'accuser d'impolitesse et de grossièreté.

En étaient-ils meilleurs ? — Je le crois fermement, car la forme fait partie du fond, et la vraie politesse des manières ne va pas sans cordialité.

Laissons dire ces austères farceurs qui, nom-

peusement, négligent l'apparence, sous prétexte
de sincérité, et cherchent en toute chose la
vérité toute nue, le principe, l'essence, la moelle;
les gourmands !

Ce sont eux aussi qui ne veulent plus qu'on
porte de dentelles parce qu'ils n'ont pas de
chemise, et abolissent le mariage parce qu'on
les a ramassés dans le ruisseau.

En dépit de ces novateurs, j'estime, jusqu'à
preuve du contraire, que si la forme est grossière,
c'est que le fond l'est aussi.

Le désir de plaire, en effet, est un raffinement
du cœur et de l'esprit qui veut, pour se dévelop-
per et se répandre, le loisir, la sécurité. — Il lui
faut, comme aux plantes délicates, une atmosphère calme et tiède. Ceux-là seuls songent à
se faire aimer qui n'ont plus besoin de se faire
craindre.

Aux époques de trouble, les moindres concessions sont un danger, car alors, la bienveillance
est taxée de faiblesse, et si l'on est simplement
poli, il semble qu'on désarme.

Or, l'art de plaire, tel qu'on l'entendait

autrefois, consistait précisément à se désarmer pour autrui. On était aimable moins par ses talents et ses avantages que par l'espèce d'abandon qu'on semblait en faire.

Plaire, c'était pour ainsi dire partager avec autrui. Briller, au contraire, c'est fouiller dans la poche du voisin.

On cherchait autrefois à se faire des amis; on songe maintenant à s'amasser un public.

La causerie était comme un échange de petits cadeaux affectueux; ce n'est maintenant qu'un boniment féroce, où l'on joue du poing autant que de la langue, et dont l'auditoire sort meurtri.

Je ne sais plus qui a dit fort joliment :

« Le plaisir le plus exquis est d'en avoir pu
« donner aux autres, et d'avoir eu le bonheur
« de leur plaire : ce qui fait que nous ne sortons
« jamais plus contents de la conversation que
« lorsque nous pouvons nous flatter en quelque
« manière que les autres le sont de nous. »

Cela est un peu recherché, je vous l'accorde, mais cette préciosité me plaît; me plaît d'autant plus qu'elle est moins généralement goûtée. Au milieu des rudesses qui nous entourent, je trouve plaisantes ces douceurs d'autrefois, j'aime ces petites oasis fanées, pleines des senteurs de ma jeunesse.

Et puis, quand on voit autour de soi tant d'ivrognes boire au tonneau des drogues infernales, on ne souhaite qu'une larme de liqueur bien douce, contenue dans un dé d'or.

Je me fais vieille, je tourne aux sucreries, aux miettes savoureuses, aux petits plats délicats et soignés; et je prends en horreur toute cette viande crue que l'on sert au monde comme des débris d'abattoir à une meute de bassets. Pouah, l'horreur! La seule vue de cette nourriture forte me soulève le cœur, tant est devenu faible mon pauvre estomac.

Décadence et sénilité! Je suis bien positivement un débris de quelque chose qui n'existe plus; l'épave échouée d'un grand navire à voiles perdu corps et biens, hélas! depuis longtemps.

Toutes les choses du jour m'inquiètent et m'affligent, sans qu'il me soit possible d'en éviter le contact. car jusqu'au plus profond de nos provinces, on entend l'écho de leurs machines, on perçoit l'odeur de leur progrès.

Et tenez, sans chercher bien loin : ces pieux dressés partout, ces ficelles régulièrement tendues qui donnent au paysage l'aspect d'un papier à musique, me blessent comme une impertinence dont est incessamment victime la belle nature du bon Dieu. Il ne sera bientôt plus de vallon poétique, de site pittoresque, qui ne soit profané par ces engins industriels qui sont la flétrissure de notre société déchue, de cette société qui ne vit plus que par ses mécaniques, et n'a plus d'âme que ses chaudières.

Ces fils télégraphiques sont-ils au moins des harpes éoliennes répandant au loin une harmonie consolante ? Écoutez leur musique :

« Vendu coton. »

« Soignez ivrognes pour candidature. »

« Père rendu âme, exprès payé. »

Voilà ce que les oiseaux du ciel entendent
lorsqu'ils viennent se poser sur ces ficelles... et
ils tombent foudroyés.

Et la langue française en meurt aussi, car ce
jargon de nègre se généralise, devient officiel.
Le citoyen à qui l'on a télégraphié :

« Père rendu âme, exprès payé. »

Répond tout naturellement :

« Enterrez toujours; manqué train. »

Et c'est ainsi que cette langue divine dont le
ciel nous fit don en un jour de clémence et de
lumière, traîne dans la fange les lambeaux mé-
connaissables de sa robe princière.

Un homme de beaucoup de sens a dit ceci :

« Toute dégradation individuelle et nationale
est sur-le-champ annoncée par une dégradation
rigoureusement proportionnelle dans le langage. »

Ne cherchez pas l'auteur de ces paroles pour
lui jeter la pierre, il est mort depuis longtemps;
c'est Sénèque.

Je viens de voir à Paris les produits étonnants
de cette industrie moderne qui, paraît-il, met le

présent siècle si fort au-dessus des autres; eh bien, je le dis dans toute la sincérité de mon cœur, ces prodiges me paraissent repoussants et je la trouve odieuse, cette industrie qui flétrit, vulgarise, prostitue tout ce qu'elle touche. Elle transforme en denrées les idées et les sentiments; les œuvres d'art ne sont plus, grâce à elle, que des produits d'exportation, et sous prétexte de répandre le bien-être matériel, elle inocule cette peste morale qu'on appelle l'orgueil et l'envie. C'est le règne du diable.

Le jour où, par un prodige de fabrication, ils auront pour un écu, l'un dans l'autre, affublé tous les électeurs français d'un habit noir et d'un chapeau en poils de lapin, ces personnages, pour être devenus ridicules, en seront-ils plus heureux?

Lorsque dans toutes les chaumières ils auront remplacé le rameau de buis bénit par un buste de Voltaire en zinc avec mécanique intérieure jouant la *Marseillaise* sous la pression du doigt; lorsque les téléphones — je crois que c'est là le nom de ces outils — seront devenus assez puis-

sants pour que toutes les oreilles de France, sans
exception, perçoivent en même temps les débats
parlementaires, *in extenso,* et que de Dunkerque
au Sahara les populations resteront haletantes
et charmées de deux heures de l'après-midi à
six heures du soir, l'esprit public en sera-t-il
rehaussé, le patriotisme en sera-t-il plus profond?

On déplace les mers, on façonne les montagnes, on va promener les gens dans des tuyaux
sous-marins pour leur élever l'intelligence. Grâce
à des gaz étonnants, les bienheureux que l'on
ampute se croient en paradis, et les femmes qui
mettent au monde un enfant, s'écrient joyeuse-
ment : « Mon Dieu, que cela m'amuse ! » On
fait des merveilles, je n'en disconviens pas. C'est
quelque chose que de supprimer la douleur physique, mais qu'importe, si les douleurs morales
augmentent au point que la moitié de la société
ne songe plus qu'à dévorer l'autre moitié ?

Et ces chemins de fer qui sont l'âme de la vie
moderne ! Est-il possible d'imaginer quelque
chose de plus brutal et de plus dégradant ? Ils me

révoltent, vos chemins de fer, et je n'en suis pas encore remise.

Quoi ! être enfermé en compagnie de pieds plats que l'on ne connaît pas ; souffrir de leur contact et respirer leur air ! n'être plus qu'une des têtes de ce troupeau qu'on transporte ; se laisser empiler dans ces boîtes déshonorantes qui ressemblent à l'entrepont d'un négrier ? Renoncer de gaieté de cœur à la plus intime et à la plus élémentaire des libertés, celle de choisir ses compagnons de route et de marcher son pas ; obéir à une cloche qu'agite un manœuvre ; être l'esclave de son cocher ; supporter la faim, la soif et toutes les privations ; passer comme la foudre alors qu'on voudrait s'arrêter, et s'arrêter quand il faudrait fuir ; être sur un signe menés au mangeoir par des gens à casquette qui vous heurtent en criant : « Dépêchons... mangez plus vite... ne mangez plus... sortez... rentrez... » Ah ! vertubleu ! j'aurais voulu pour quelque chose que l'un de ces drôles parlât de la sorte à mon grand-père : il eût appris sans tarder ce que pèse, sur le dos d'un impertinent, la canne d'un gentilhomme.

Si encore ils avaient l'ombre d'une raison d'être, ces engins détestables; mais à quoi servent-ils, je vous le demande? A aller vite, ce qui est la pire façon d'aller.

Qui pousse cette foule de damnés à se précipiter ainsi avec d'autant plus d'ardeur qu'il est plus ignorant du but vers lequel il va? Quel nouveau crime l'homme a-t-il donc commis pour que Dieu, dans sa colère, l'ait ainsi livré aux machines qui le dévorent incessamment?

Il me semble que ces mécaniques font de l'homme un monstre ayant vingt bouches et cent bras. Malheureusement, son unique estomac n'a augmenté ni en volume ni en puissance, et ses facultés morales sont... sont restées les mêmes, pour parler chrétiennement. En sorte que cet être armé pour tout dévorer et tout conquérir ne digère et ne comprend ni plus ni mieux qu'autrefois. Et il meurt d'un désaccord fatal entre l'énormité de ses désirs et la médiocrité de ses jouissances.

Ferou, mon ami, il faut couper tous ces bras, moins deux, coudre dix-neuf de ces bouches ou agrandir prodigieusement l'estomac. Il n'y a pas de milieu.

Mais, soit dit sans vous blesser, mon cher docteur, vous aurez beaucoup de difficulté à changer la loi de Dieu et très probablement vous n'y parviendrez pas.

Voyez-vous bien, chacun a sa part de plaisirs et de peines qu'il ne saurait dépasser. En fait de joies, tous les hommes apportent à leur naissance le petit feu d'artifice que la Providence leur a concédé. Les uns débutent par le bouquet, les autres brûlent tout à la fois, mais personne ne peut se vanter d'avoir consumé plus de poudre qu'il n'en avait reçu.

Et si vous voulez me permettre de poursuivre ma comparaison, j'ajouterai que de toutes les fusées qui peuvent égayer la vie, la plus étincelante est celle que l'on allumera demain. Les heureux de ce monde sont ceux qui, en mourant, l'ont encore dans leur tiroir, cette fusée du lendemain.

Il semblerait que cette économie prudente de l'avenir dût être instinctive et se rencontrer chez

la plupart des hommes; c'est pourtant le contraire qui arrive : on ne voit dans le monde que
gens avides de leur propre ruine, considérant
l'inouï comme un relevé de potage, mettant le
feu à leur maison pour allumer leur bougeoir et,
sous prétexte d'aller plus vite, laissant monter
leurs chevaux sur le siége.

A toutes les époques on a rencontré des am-
bitions folles, des désirs démesurés, cela est
vrai, et l'étrange n'est pas que cette maladie
existe encore, mais bien qu'elle ait perdu son
caractère exceptionnel et se soit généralisée au
point d'être devenue un des éléments consti-
tutifs de l'âme humaine.

Autrefois, c'était un accident rare que d'avoir
le délire et l'on se soignait. Maintenant, ce sont
ceux qui ne l'ont pas que l'on montre au doigt
ou que l'on plaint comme des infirmes.

Oserai-je dire que les locomotives sont, pour
moi, la plus éloquente expression de la folie
humaine?

« Grand'mère, vous regrettez votre berline, »
disent mes petits-enfants; et je sens que ces
blancs-becs riraient de moi, volontiers, s'ils
l'osaient.

Si je la regrette! Pauvre berline, vieille amie,
confidente discrète!... Que de souvenirs, mon
Dieu! Ce fut un des cadeaux de noce du
baron...

Elle resta bien longtemps dans la remise, sous
sa double housse que je faisais renouveler de
temps en temps, et je ne pouvais la regarder sans
émotion. Elle était démodée, hors d'usage comme
moi, c'était une antiquaille, un... bibelot,
comme on dit dans la langue sauvage d'aujour-
d'hui, mais qu'elle avait d'élégance encore et de
noblesse, avec ses hautes lanternes à la Dauphine, ses grands ressorts épais et solides, ses
coussins capitonnés en drap de ratine, couleur
prune de monsieur! Et le marchepied à six
degrés que l'on gravissait en s'appuyant sur
l'épaule d'un laquais ou d'un cavalier, avec une
légère opposition de la tête... On reconnaissait
tout de suite une femme de qualité à la façon

dont elle montait ; il fallait pour cela l'éducation, le comme il faut, le respect de soi et... des pieds. Qui donc a des pieds, maintenant que les femmes chaussent des bottes à la façon des gendarmes et des facteurs ?

Il faut des efforts pour pénétrer dans vos boîtes à quatre roues et l'on vous y pousse pitoyablement, comme une lorgnette dans son étui.

Nos berlines, à nous, étaient de véritables petits salons où l'on entrait sans bassesse ; oui, mes mignonnes, la tête haute, et on y était à l'aise, indépendante, et on y retrouvait ce trésor des choses familières qui fait que l'on est chez soi. Il y avait place pour tout, dans les recoins de cette demeure roulante : livres aimés, provisions de bouche, coussins accoutumés. On avait sous la main ses coffres, ses nécessaires, on n'était à la merci de personne, même des aubergistes, on se promenait par le monde à sa guise, sans forcer son allure et surtout sans sortir de chez soi.

On ne jouit véritablement que lorsqu'on reste maître de ses jouissances.

Le dernier mot de la civilisation était autrefois dans le respect de la tradition, dans l'observance des choses admises et convenues; en sorte que le fond restant inattaquable, c'est uniquement dans les recherches de la forme que se dépensaient les curiosités de l'esprit.

Sûrs du présent, ne redoutant pas l'avenir, ces gens-là prenaient leur temps, se plaisaient au délicat, analysaient les nuances et, tout en flânant, cueillaient gracieusement de jolies fleurs qu'ils s'offraient l'un à l'autre avec un sourire.

Ils étaient tourmentés par le désir de plaire. C'est là, je l'affirme, un tourment que nous n'éprouvons plus.

Hélas! le mot plaire n'a plus de sens à l'heure qu'il est, c'est une expression de l'ancien régime, c'est le ruban rose de l'arrière-grand'mère, fané, flétri, presque comique, et certes il ne faut pas craindre le ridicule pour causer de ces choses-là.

J'ai lu ces vers que je trouve charmants :

> Nous n'osons plus parler des roses;
> Quand nous les chantons, on en rit.
> Car des plus adorables choses,
> Le culte est si vieux qu'il périt.

Comme il a raison, ce poète-là ! Tout passe, en effet, chaque époque a une tâche à acccomplir ; tâche fatale, nécessaire... si incompréhensible d'ailleurs qu'elle paraisse parfois.

Certains siècles sont consacrés à la pioche et à la truelle ; d'autres appartiennent tout entiers aux tapissiers et aux décorateurs. Et lorsque ceux-ci ont orné, meublé l'édifice, et qu'arrivés aux limites de leur art ils veulent orner encore, l'humanité, fatiguée de tant de grâces, se trouve trop bien logée, regrette les maçons, aspire aux coups de pioche et montre à démolir autant d'ardeur qu'elle en a mis à édifier.

Quelle est-elle donc, mon Dieu, cette inévitable loi qui condamne l'homme à revenir ainsi sur ses pas, à toujours briser son œuvre de la vieille pour la refaire à nouveau et la briser encore ?

Est-ce donc à la suite du grand maudit, errant par le monde, que l'humanité marche ainsi, les bras éternellement tendus vers un but qu'elle ne saurait atteindre ? Pourquoi donc, après des siècles de recherches et de fatigues, se retrouve-t-elle au point dont elle était partie, toujours curieuse, haletante et jamais désillusionnée. Est-ce donc ce mélange d'impuissance à réaliser ses rêves et d'ardeur à les concevoir qui constitue l'homme, et cesserait-il d'être, le jour où il serait satisfait .

A l'heure qu'il est, le vieux monde est au pillage, le sol est jonché de ses débris, et dans ce chaos de ruines, la société s'agite comme une fourmilière en détresse.

Rien de ce qui fut n'est respecté : on profane toutes les mémoires, on brise tous les tombeaux, et les liens petits ou grands qui, hier encore, réunissaient les hommes entre eux, éclatent un à un, comme éclate le lien des gerbes lorsque s'approche l'incendie.

Plus de contrainte ; chacun est libre !

Fort bien, mais l'émancipation de chacun n'est-il pas l'asservissement de tous à la plus dure des tyrannies, celle de la confusion ?

10.

L'individu libre me fait l'effet d'un naufragé tombé chez des anthropophages et jouant du couteau pour ne pas être dévoré. De façon que, du haut en bas de cette société, qui n'a plus ni bas ni haut, ce ne sont que malheureux, affolés d'indépendance, s'acharnant à une lutte sans cause et s'entre-tuant sans savoir pourquoi.

On s'arme, on s'embusque pour détrousser, car il ne s'agit plus de plaire et de séduire, mais de surprendre et d'écraser. Les causeries deviennent de petites mêlées où chacun frappe pour soi; les œuvres d'art ne sont plus que coups d'audace et les vertus mêmes, celles qui restent, ressemblent à des engins de guerre chargés jusqu'à la gueule et toujours prêts à éclater. Est-ce vers l'état sauvage que se précipite le monde? Si, comme je le disais, il se prépare une civilisation nouvelle et mystérieuse; si cette apparente agonie est une crise d'enfantement, que de fumier il lui faut pour naître, à cette fleur de l'avenir qui ne naîtra peut-être pas

Que verront nos enfants? Pourquoi, Seigneur,

vous voilez-vous la face de si épaisses ténèbres
et nous laissez mourir sans entrevoir le but où
marchent ceux que nous aimons.

VII

Depuis mon grand-père d'Orchamp, que ses enfants ne pouvaient regarder en face sans trembler, jusqu'à René, mon fils cadet, qui consulte sa fille sur la couleur de ses gilets, j'ai assisté à toutes les transformations qu'a subies la paternité. Eh, mon Dieu, ce furent absolument celles qui métamorphosèrent la société entière.

J'ai vu le père devenir le papa bien-aimé, puis, le petit papa chéri...

Quelle situation l'avenir réserve-t-il à ce digne homme ? — Il est difficile de l'entrevoir.

J'ai lu que dans le monde des fourmis — où

les hommes pourraient bien, soit dit en passant, aller puiser quelques principes élémentaires de politique sociale, — j'ai lu, dis-je, qu'après ce poétique voyage à travers les airs dont l'amour est l'unique but, les fourmis mâles ne pouvaient plus rentrer dans la fourmilière, au seuil de laquelle on les tuait comme des êtres devenus inutiles.

Pourquoi, dans son culte étrange pour le naturalisme pratique, la société contemporaine n'imiterait-elle pas ces usages et ne réduirait-elle pas les prérogatives paternelles à... je ne sais comment dire cela... à la simple reproduction de l'espèce ? Cela ferait, il est vrai, une bien triste espèce !

Quoi qu'il en soit, je me garderais de dire ces choses en public. Il est dangereux de laisser traîner une sottise, une grosse surtout, à une époque où tant de personnes considérables semblent officiellement chargées de les recueillir.

J'ai donc vu le père subir bien des métamorphoses, depuis que je suis au monde ; mais ce qui m'a toujours frappée, c'est l'allure très parti-

culière que prend la tendresse paternelle lorsque
l'enfant devient jeune fille.

Cela arrive tout à coup, sans transition.

Et même il y a là quelque chose qui... étonne
un peu lorsqu'on en est très proche.

Cela ressemble à ces changements de saison
qui viennent brusquement sans qu'on les ait pres-
sentis. Nous n'avons pas toujours le calendrier
sous les yeux, nous autres pauvres femmes, et
le plus souvent nous ne sommes prévenues de
l'approche de l'automne que par un frisson qui
nous surprend.

On se dit : est-ce étrange ! hier il achetait
encore des poupées pour cette petite, et le voilà
devenu son cavalier servant. Et voilà qu'aujour-
d'hui il a pour elle les égards et les prévenances
que, jusqu'à présent, il réservait à sa femme,
uniquement.

Pour promener cette jeune personne, il
retrouve des façons juvéniles, un air cavalier ; il
fait une toilette de conquête.

De ce qu'elle dit et de ce qu'elle fait, pour lui,
tout est bien. Est-il en retard, le voilà confus ;

et si elle le fait attendre, il n'y prend pas garde, tant il est joyeux à la seule pensée de lui offrir son bras.

Mais voyez-le : voilà vingt fois qu'il retouche le nœud de sa cravate, tout en chantonnant un air des *bouffons;* vingt fois qu'il sourit à la glace en façonnant son toupet des grands jours... Se douterait-on que ce gentilhomme attend sa fille depuis un bon quart d'heure ?

Enfin, la voici, animée, rougissante et jolie à croquer dans sa belle robe toute neuve.

— Excusez moi, mon père, je vous en prie; ce n'est pas ma faute si je suis en retard; je vous en demande bien pardon. »

Elle cambre sa taille souple comme un roseau, met son gant avec une coquetterie qu'elle ignorait encore hier au soir et, baissant les yeux comme une nonnette qui a laissé tomber son chapelet :

« ... Je me doutais bien que vous deviez être très fâché contre moi !

— Fâché !... que dis-tu là, ma belle, fâché contre toi ?

— Oh! je me suis bien pressée; mais ces vilains lacets sont si longs à nouer.

— Il faut le temps à tout, et celui que vous venez de prendre, chère, n'est certes pas du temps perdu.

Et en débitant ces douceurs il ressemble, Dieu me pardonne, au comte Almaviva préparant sa guitare.

— Tiens-toi donc droite, Elvire, voyons, ma fille, un peu de tenue, murmure la mère pour couper court à la romance.

— Oui, maman.

Et la sournoise, de son petit air contrit, ajoute en se retournant vers son père :

— Ces vilaines ruches engoncent joliment... moi, ˈe crois bien qu'il faudrait... une petite pince.

Et M. le baron, très flatté d'être pris pour arbitre, dégage son binocle et... contemple ; c'est le mot juste. Son admiration est visible ; il déguste, ses yeux sont humides ; on le pousserait du coude qu'il fondrait en larmes. Et ce sont là des faiblesses du cœur qui rendent toute éducation impossible ; cela va de soi.

— ... Une petite pince... Et pourquoi, ma toute belle, ferait-on cette... chose? Je n'ose affirmer, mais il me semble...

— Ce que dit Elvire n'a pas de raison d'être, calmez-vous, mon ami. J'oserai, d'ailleurs, vous faire remarquer qu'en votre qualité d'ancien officier aux gardes, vous ne pouvez avoir sur ce grave sujet des idées fort nettes.

— Mais, permettez, ma chère, vous tranchez cette question avec un peu de hâte : il est possible, en effet, que cette petite pince, discrètement exécutée...

— Vous n'y entendez rien, mon ami.

— A défaut d'oreilles, j'ai des yeux, et je vois... je vois une toilette charmante, à coup sûr; fort distinguée, sur mon honneur, et portée... portée... »

Et il n'achève pas sa phrase, car sa femme le regarde du coin de l'œil et le décorum paternel le retient.

— Allons, mignonne, profitons du rayon de soleil.

Décidément, vous ne venez pas, chère amie?

11

le temps est magnifique; voyons, laissez-vous tenter, ajoute-t-il sans conviction.

— Non, non, allez tous deux : vous marchez trop vite pour moi et je suis en robe de chambre. Je vous regarderai partir... Mais, Elvire, tiens-toi donc droite, mon enfant. Allez, jeunes gens, allez. »

Elle leur sourit, ils partent; puis, elle ouvre sa fenêtre, leur adresse un petit salut de la main et reste là, pensive, tandis que, peu à peu, son sourire s'efface et que ses yeux regardent sans voir.

Si quelqu'un, la surprenant ainsi, lui demandait ce qu'elle éprouve, elle répondrait :

— Je suis heureuse de les voir tous deux, marchant côte à côte.

Et elle aurait, en disant cela, un de ces sourires pâles qui ressemblent à une envie de pleurer...

Parbleu ! j'en ai bel et bien versé de grosses larmes.

Il est vrai que nous en avons ri plus tard, quand vint l'heure où l'on se dit tout.

Ils sont d'ailleurs charmants, ce père et cette fille, promenant leur robe neuve. Leur démarche a je ne sais quoi de souple, de rebondissant, de joyeux qui fait plaisir à voir.

Le boulevard où ils flânent semble une voie triomphale et, du *Café turc* aux *Bains chinois,* on chercherait vainement deux êtres plus visiblement heureux.

Elle appuie son bras sur celui de son père avec des coquetteries inconcevables, cette gamine; ce n'est plus du tout l'abandon naïf d'une fillette que l'on mène au couvent, mais bien l'assurance discrète d'une petite femme au bras de son cavalier.

Hier encore, en compagnie de sa mère, elle avait conscience de n'être qu'un enfant, et l'admiration des promeneurs lui faisait l'effet d'une plaisanterie; mais ils ne plaisantent plus du tout, les promeneurs! Certains même la dévisagent d'une façon étrange qui la trouble énormément... sans d'ailleurs la faire souffrir; oh! c'est fort curieux.

Tout le monde se retourne, c'est une gageure.

Et voilà que les glaces des boutiques s'animent, elles aussi :

— Bonjour, belle petite dame.

— Voyons, miroir, taisez-vous ; nous sommes en public.

— Bonjour, belle petite dame.

— Encore !

— Que vous êtes gentille au bras de ce beau monsieur !

— Mais, ce beau monsieur, c'est mon père. Mon Dieu, croirait-on vraiment que ce n'est pas mon père ? »

Et elle détourne la tête avec une torsion de cou coquette et pudique, et son cœur bat plus vite, et sa poitrine de petite femme se gonfle, et elle trouve que ces premiers soleils sont brûlants, que son cher papa a une grande distinction, que l'air est pur, que Dieu est bon.

Tout à coup, il lui semble qu'une porte, grande comme celle de Notre-Dame, s'ouvre à deux battants, et que, dans un nuage pailleté d'or, apparaît un génie qui lui dit en souriant :

« Entrez, ma jolie fille; voici la vie, tout droit devant vous. »

Alors, pour éloigner cette apparition qui la trouble un peu trop, elle parle beaucoup, quoi-qu'elle n'ait rien à dire. Elle voudrait chanter, elle voudrait sauter par-dessus n'importe quoi et embrasse ce brave homme de père qui s'est fait si beau pour lui offrir le bras, qui mesure si déli-catement sa marche sur la sienne et l'accable d'une foule de prévenances qui sont comme un hommage rendu à son nouvel état.

Car, il n'y a pas à dire, la voilà femme : elle a conscience de son charme, de son empire nais-sant... Si bien qu'il lui prend une envie folle de le mettre à l'épreuve, cet empire naissant, et, sans tarder, elle tente mille petites fantaisies, comme on hasarde le bout du pied sur la glace nouvelle, pour en constater la solidité.

Sans raison apparente, elle s'arrête, traverse la rue, émet un goût, en change, et apprécie toute chose avec une indépendance... un peu timide, car la glace peut craquer.

Mais elle ne craque pas : le militaire entre

deux âges s'arrête docilement, traverse la rue le sourire aux lèvres, et approuve tout, absolument tout, avec conviction. On voit bien que sa complaisance n'est plus seulement le fait d'une affectueuse concession, mais bien la conséquence d'un devoir et, en quelque sorte, l'aveu d'une soumission.

Et dans cette situation nouvelle qui le charme, rien ne lui coûtera ; peut-être même en arrivera-t-il bientôt à faire les commissions chez la couturière ou le marchand de musique, comme mon plus jeune fils, l'homme au gilet, que l'on envoyait bien gentiment chez la modiste pour rappeler la couleur des brides et le petit chou du milieu. Il était même toujours grondé en rentrant, ayant rempli sa mission en dépit du sens commun.

Oui, le père dont je parle a eu ou aura des faiblesses semblables, à fort peu de chose près, et, s'il apprend que quelqu'un, en le voyant passer avec sa fille, a pu croire qu'il était en bonne fortune, il ne s'en fâchera pas ; tout au contraire, il éclatera de rire, et, pendant huit jours, racontera à tout le monde cette charmante bouffonnerie.

C'est ainsi que l'autorité paternelle fond comme la neige au premier rayon du soleil.

— C'est moi qui suis le rayon, » pense la chère enfant avec beaucoup de raison.

« Quelle délicieuse façon de fondre; cela réchauffe », soupire la neige.

Neige et soleil, petite femme qui arrive, papa qui s'en retourne... Dieu du ciel, comme vous l'avez taillée courte, notre pauvre existence.

Une femme n'oublie jamais qu'elle est entrée dans le monde au bras de son père, que ce dernier a été le complice discret de ses chastes coquetteries, le protecteur charmé de ses débuts; qu'avant tout le monde enfin il l'a saluée femme.

Et le père, de son côté, se souvient toujours de ces heures charmantes et intimes où il a cru lire dans ce jeune cœur prêt à s'épanouir; où il a réchauffé son automne à la lueur virginale de ce gai printemps.

Deux êtres de sexe différent ne se connaissent

jamais que par la traduction libre et tout à fait
imaginaire qu'ils ont faite mutuellement de leur
cœur. Ils ne lisent pas dans le texte posément et
mot à mot ; ils s'interprètent et se commentent.
C'est parce qu'on se cherche qu'on s'aime ; c'est
parce qu'il y a problème incessant que l'on est
attiré l'un vers l'autre.

Or entre le père et la fille il y a problème,
mirage. Si pur et si dégagé que soit l'amour paternel, on y retrouve cependant l'écho lointain
et tout idéal de l'autre amour qui l'a précédé :
un père ne peut juger sa fille impartialement et
de sang-froid ; il ne la voit jamais qu'à travers sa
beauté, sa grâce, son charme de femme, et ce
qui le gêne le plus au monde, c'est de lui faire
sentir son autorité. S'il le faut absolument, il
s'exécute, mais il est pitoyable.

Je t'en demande pardon, mon cher garçon,
mais je t'ai vu positivement pitoyable ; tes
gestes, ton regard démentaient honteusement tes
paroles, et il était bien visible qu'en grossissant
ta voix tu avais peur de casser quelque chose.
Sais-tu de quoi tu avais l'air, mon ami ?

— D'un charpentier qui veut raccommoder une horloge.

Après tout, mon pauvre René ne fait qu'exagérer, suivant les mœurs actuelles, les conséquences d'une loi morale qui fut de tous les temps.

Le jour où l'enfant a un sexe, l'affection qu'on lui porte en prend un aussi, voilà qui est certain. Le vieux grand-père lui-même ne regarde pas du même œil son petit-fils et sa petite-fille ; chacun d'eux réveille dans l'esprit du vieillard un monde différent de pensées, d'espérances et de souvenirs.

Et c'est précisément cette différence d'impressions, si pure qu'elle soit, qu'une mère n'aime pas à constater chez son mari : elle voudrait chasser jusqu'aux reflets les plus platoniques de cette influence du sexe ; elle voudrait qu'il n'y eût plus rien de l'homme dans le père, que la paternité ne se manifestât qu'à l'état de sen-

timent abstrait, semblable à celui que les anges
éprouvent.

Cette expression : *amour paternel,* elle voudrait la changer, pensant qu'un simple adjectif
n'est pas suffisant pour marquer l'abîme qui
sépare la tendresse qu'on eut pour elle de l'affection dont sa fille est l'objet.

Ces sentiments ont toujours existé, mais autrefois ils restaient tout au fond du cœur, et on leur
imposait silence. La dignité d'un côté, le respect de l'autre, maintenaient dans la famille une
discipline qui ne permettait pas à certaines faiblesses instinctives de se manifester. Le sentiment de l'autorité et des devoirs qu'elle impose
apparaissait jusque dans la tendresse, et ce sentiment eût-il fait défaut que, par pure étiquette,
un père et une mère n'eussent pas dérogé.

On n'aimait pas moins ses enfants, mais on
les aimait de plus loin ou, pour mieux dire, de
plus haut. On les considérait avant tout comme
les dépositaires futurs d'un nom qu'on s'était
efforcé de leur transmettre intact. On n'oubliait
jamais qu'ils étaient l'avenir de la famille; qu'ils

étaient aussi les représentants de tout un passé, et qu'ils avaient pour mission d'en perpétuer l'honneur.

Il y avait quelque chose de religieux et de noble dans la tendresse qu'on leur portait.

Malheureusement, la folie qui consiste à chercher dans la simple nature la source unique de toute vérité et de toute vertu, a produit ses effets : on a considéré comme un joug indigne de la raison moderne ce que l'expérience des âges avait accumulé de croyances pieuses, d'idéal, de foi autour de l'affection filiale et paternelle ; et, de ce faisceau de sentiments qui constituait la famille, un seul est resté : la tendresse instinctive, sans mesure, sans dignité ni souci de Dieu ; tendresse pleine de sensualités délicates, de gourmandises charmantes, de jouissances coquettement dégustées ; tendresse égoïste et sénile, inféconde et sans but. Par quelle suite de transformations le chef de la famille, ce grand-prêtre du foyer domestique, ce personnage sacerdotal et vénéré, en est-il arrivé à être le papa d'aujourd'hui, le papa chéri, joyeux, caressant

et caressé, plein de complaisances et de faiblesses aimables dans son adoration pour ses
petits?

J'ai été bien longue à admettre ces mots papa
et bébé qui sont entrés maintenant dans le langage courant; je trouvais ces petits noms tout
à fait câlins, mais ils me paraissaient exprimer
un changement si complet dans les mœurs de la
famille et donner un démenti si inconvenant aux
vieux respects de mon enfance, qu'ils me cho-
quaient prodigieusement. Et puis, peu à peu, à
force de les entendre prononcer, je m'y habituai
comme tout le monde.

Le cœur a parfois des raisons que la raison ne
connaît pas, comme dit Pascal.

D'ailleurs, cette abdication de la dignité paternelle s'est faite avec tant de candeur, de gaieté
et si sincèrement qu'on s'est trouvé désarmé
devant ce désastre.

Que dire à deux jeunes amoureux que l'on
surprend le soir au coin du feu, tandis qu'ils
admirent ensemble leur nouveau-né, gigotant
dans ses langes? Ils détaillent les merveilles de

leur ouvrage, s'en font les honneurs, s'aiment dans cet enfant qui fait encore partie d'eux-mêmes, pour ainsi dire, et n'est que le point délicieux où leurs cœurs se touchent, le terrain neutre où, de part et d'autre, on dépose ses baisers.

Tout cela est charmant. La déchéance est si facile et l'on descend si doucement cette pente des tendresses aveugles que l'on ne remonte jamais!

Quand je pense à tout cela, mon grand-père m'apparaît comme la statue du Commandeur; je le vois avec sa bonté grave, sa parole simple et ferme; je me rappelle aussi la soumission res-pectueuse avec laquelle mon père lui-même rece-vait ses ordres et recueillait ses avis..... C'était une religion que cette hiérarchie sainte! Qu'en reste-t-il maintenant?

Ce n'est pas seulement une transformation que subit la famille; c'est son effondrement qui commence. Grand Dieu! ne sommes-nous pas bien coupables, nous autres vieillards qui avions pour mission de transmettre intactes et de faire respecter ces traditions que l'on foule aux pieds !

Est-ce que l'orage qui se prépare en ce moment dans le ciel serait l'image visible de cet
autre orage qui menace la société ?

Mes fenêtres sont ouvertes, la chaleur est
accablante, l'air est si lourd et si calme que la
flamme de mes bougies se dresse immobile
comme celle des cierges dans une chambre mor-
tuaire. Les chiens de ferme ont cessé de hurler
au loin, le silence est profond comme la nuit, la
nature semble attendre avec anxiété, et les senteurs de la terre, chauffée par les ardeurs du jour,
montent jusqu'à moi comme un parfum de
sanctuaire.

De temps en temps, au-dessus de la forêt, une
traînée lumineuse apparaît à l'horizon comme
une lame d'or, et, à la lueur de l'éclair, j'aperçois
pendant un court instant les grands nuages
sombres qui glissent l'un vers l'autre, prêts à
s'entre-choquer.

Cet orage-là passera : la main de Dieu qui
l'amène saura bien l'éloigner, et demain la campagne sera de nouveau vivifiée. Une nouvelle

vie sortira-t-elle aussi du grand orage qui emporte le vieux monde?

J'étais nerveuse, hier au soir, et sans cet orage épouvantable je n'aurais pas tourné au tragique ainsi que je l'ai fait. Non pas que je veuille rien effacer, mais à coup sûr, mon pauvre René serait bien surpris que l'idée de sa faiblesse maritale et paternelle ait pu m'amener à des réflexions aussi graves.

J'ai l'air de considérer ce cher garçon comme un type exceptionnel, alors qu'il est tout simplement semblable à ceux de sa génération. Je l'ai vu de plus près que les autres, voilà tout; et mille observations que j'ai recueillies sans en avoir l'air m'ont fait comprendre ce qu'est au juste ce ménage tout moderne que j'ai eu si souvent sous les yeux.

C'est une sorte d'association fraternelle où l'on vit comme de bons camarades, sans contrainte aucune ni souci du lendemain, familièrement, en robe de chambre et le cœur sur la main. Petit papa, petite maman, petits bébés s'adorent, se chamaillent, discutent avec le plus aveugle abandon.

Cependant, de cette pétaudière que l'on pourrait appeler sans méchanceté l'exacte expression du régime parlementaire, Mlle Blanche, la seconde fille de mon fils, est incontestablement le premier ministre. J'ajouterai même que son habileté fait dresser les cheveux sur la tête quand on songe au malheureux jeune homme à qui elle jurera prochainement une éternelle soumission.

Avant un siècle, les femmes joueront un rôle étrange dans cette société sans traditions ni croyances, où toutes choses sont aux plus adroits.

En attendant, la jolie Blanche, ainsi qu'une irrésistible petite fée, tient son père dans un état de servitude qui fait le bonheur du cher homme.

Ma bru, tout au contraire, commence à s'inquiéter, car rien ne lui échappe de ces coquetteries naïves et déjà savantes dont use sa fillette. Elle se sent atteinte, la pauvre femme, et en souffre. Je vois cela sans lunettes et parfois j'en suis affligée, quoiqu'en réalité elle ait tout fait pour en arriver là.

La vue de ces familiarités paternelles et filiales éveille dans l'esprit de ma belle-fille le souvenir de son propre passé. Elle a déjà surpris sur le visage de son mari cet épanouissement où l'admiration se mêle à la tendresse; elle connaît cette façon de pencher sa tête, en disant :

— Oh! le vilain père !

Hier encore, elle inclinait la sienne aussi et murmurait :

— Oh! le vilain mari !

Et cette comparaison, qu'elle fait en dépit d'elle-même, l'indigne, lui fait peur; elle se demande si ce qu'elle éprouve n'est pas monstrueux, et si jamais une mère eut de semblables faiblesses.

Eh quoi! en voudrait-elle à sa fille de séduire sans le vouloir, d'être charmante sans y penser?

Elle chasse ce mauvais rêve et veut tourner en plaisanterie ce qui la trouble si fort.

Et, en effet, pendant une heure elle partage la gaieté de son enfant et de son mari ; puis, bientôt, comme rappelée à elle-même et avec une nuance d'autorité :

— Tu ennuies ton père, ma chérie ; tu abuses vraiment, et... tu oublies ton piano.

On n'a pas idée du rôle extraordinaire que joue maintenant dans les familles ce détestable instrument.

Quoi qu'il en soit, sous le regard maternel, le premier ministre, qui se sent deviné, daigne, pour un instant, redevenir l'enfant soumis et sort en faisant la moue ; la comédie étant terminée.

— Vous gâtez cette petite, murmure Madame ; vous la gâtez, mon ami, et vous en ferez une femme insupportable.

— Quelle plaisanterie me dites-vous là, répond l'homme au gilet, moi, la gâter ! cela est inouï, ma parole d'honneur..... Eh bien, après tout, quand je la gâterais un peu, où serait le mal ? Je jouis de mon reste ; je ne l'aurai pas si longtemps. N'est-elle pas charmante ?

— Elle a un bon naturel, assurément, mais ce n'est pas une raison pour trouver excellent tout ce qu'elle dit et tout ce qu'elle fait. Blanche a des défauts qui veulent être surveillés et vous lui rendez le plus mauvais service en vous montrant aussi indulgent, aussi... faible ; permettez-moi l'expression. Je crois de mon devoir de vous le faire remarquer.

— Des défauts ! pourquoi pas des vices ? s'écrie Monsieur avec une indignation contenue. Et lesquels, s'il vous plaît ? Voilà qui est prodigieux !... Comment, vous avez une enfant exceptionnelle, absolument exceptionnelle : impossible de trouver une nature plus délicate, un cœur plus ouvert ; elle a de l'esprit comme un lutin, elle est jolie comme un ange et vous n'êtes pas contente ?... Prenez garde, ma chère, votre caractère s'aigrit.

Et tout en disant cela, Monsieur ouvre le journal avec un certain fracas et s'y plonge.

— J'ai tort, poursuit Madame d'un air pincé ;

j'ai tort de ne pas songer uniquement aux joies
du présent, de me préoccuper de l'avenir, —
Monsieur s'agite — de m'imaginer qu'une jeune
fille doit faire plus tard une épouse...

— Ah, je voudrais que mon futur gendre ne
fût pas satisfait de son sort ! S'il se plaint,
envoyez-le-moi, je vous en prie, envoyez-le-
moi.

Et Monsieur rentre dans son journal.

Oh, ce journal! si Blanche était restée, Monsieur n'aurait certainement pas songé à ouvrir
cette affreuse gazette et, en admettant qu'il l'eût
ouverte, Mademoiselle se fût approchée sur la
pointe des pieds et, bien gentiment, l'eût
arrachée des mains de son père en lui sautant
au cou. Et tous deux eussent éclaté de rire.

Arracher à quelqu'un le journal qu'il lit n'est,
après tout, qu'un enfantillage; Madame se le
permettait autrefois, et cela se terminait par un
baiser.

A l'heure qu'il est, en serait-il de même?...
Comme elle tenterait l'aventure, si elle osait!...
Mais elle n'ose plus. Elle sent qu'elle serait

gauche, sans conviction et que l'heure est passée de ces jolies hardiesses.

Jamais elle n'avait constaté d'une façon aussi évidente que son rôle d'épouse est entré dans une nouvelle phase. Alors, quoiqu'elle s'en défende, les senteurs d'Avril, qu'elle avait presque oubliées, lui remontent au cerveau; elle se rappelle ces heures de soleil, de tendresse joyeuse, où elle aspirait à pleins poumons et tendait les bras à l'avenir.

Elle se revoit elle-même telle que sa fille est maintenant... et sa pudeur s'indigne à l'idée que son enfant se mêle à ces souvenirs.

Pourquoi faut-il que son mari redevienne si jeune, précisément à l'heure où il lui est pénible de songer qu'elle l'a été... Pourquoi faut-il... Elle n'est ni jalouse ni coquette... et cependant, elle n'ose pas analyser le trouble qu'elle éprouve, tant les nuances lui en paraissent délicates et les effets contradictoires. Elle aurait peur, en débrouillant ce chaos, d'être obligée de donner un nom aux sentiments divers qui se heurtent en elle.

Et pour étouffer ces rumeurs confuses qui la poursuivent, elle se parle haut, plaide sa cause, se dit qu'elle a charge d'âme, que sa mission est de soustraire la chère petite aux influences de l'orgueil et de la coquetterie, que les pères n'y comprennent rien; elle se dit qu'une fille doit rester enfant jusqu'à la plus extrême limite et ignorer le plus longtemps possible son charme et sa beauté... Oui, en vérité, les jupes courtes avaient du bon. De sorte qu'il lui vient des scrupules étonnants; elle emplit les journées avec une ardeur croissante : l'incomparable clavecin, naturellement, les devoirs religieux, les exercices de toute espèce se croisent, s'enchevêtrent, s'empilent... et, croyant sans doute qu'elle n'a pas fait assez, elle y ajoute un nombre incalculable de visites plus nécessaires les unes que les autres.

Voilà, ou je me trompe fort, comment les choses se passent dans le ménage de René, mon fils cadet.

Les pauvres mamans ont généralement le grand tort de considérer leurs filles comme un dédoublement d'elles-mêmes et de s'y chercher comme dans un miroir où elles doivent se retrouver. « Notre rôle à toutes deux n'est-il pas identique, pense la mère; n'ai-je pas pour mission de la protéger incessamment? Dieu ne veut-il pas que je lui dise à chaque pas : Évite cette ronce, je m'y suis déchirée; goûte ce fruit, je le trouvai délicieux; crois-en mon expérience et ma tendresse : je penserai, j'agirai pour toi. »

Et tout en songeant, elle remonte le courant de sa propre existence, évoque avec son esprit de femme ses souvenirs d'enfant et de jeune fille, refaçonne sa vie, en supprime, y ajoute, et, prenant pour son passé ce qui n'en est que le mirage défiguré, elle y cherche le programme qui doit assurer le bonheur de son enfant.

Je ne prétends pas que ces observations soient absolument générales, mais si toutes les mères n'ont point éprouvé ces touchantes erreurs, toutes du moins ont rêvé le fameux programme et ont souffert des désillusions infinies qu'il entraîne.

Une femme ayant aimé le rose dans sa jeunesse parce que cette couleur lui allait bien, comprendra difficilement que sa fille ait un goût marqué pour le bleu. C'est un enfantillage, à coup sûr, mais à certains jours où l'air est plus mou, le système nerveux plus irritable, elle trouvera dans cet amour du bleu quelque chose de blessant pour elle. Elle ne s'explique rien; elle éprouve. Le rose lui rappelle tout un passé dont ce diable de bleu semble être la condamnation, la dérision, l'arrêt.

Les airs que nous avons chantés autrefois nous reviennent en dépit de nous et alors même qu'ils ne sont plus de saison. Ils reviennent, il est vrai, par lambeaux, mais enfin on les fredonne; devrait-on s'en excuser ensuite.

Il y a bien du mélange dans notre pauvre âme. Chez les meilleurs, l'exquis est saupoudré de passable, et l'on est tout entier dans son amour, avec tout son bagage de défauts et de qualités.

Nos enfants ne sont pas nous, voilà ce qui est sûr. Faut-il s'en plaindre ou s'en réjouir? Nous ne sommes même pas le luthier qui a fabriqué la lyre, ou l'accordeur qui en a tendu les cordes. Par un beau jour, la lyre se trouve prête, le vent passe et l'instrument résonne avec un timbre imprévu qui n'est pas le nôtre.

Ces premières harmonies de la vie sont le fait de la Providence; tâchons de les écouter sans souffrir et soumettons-nous.

La mère et la fille, étant femmes toutes deux et souvent de nature semblable, sont trop proches pour se faire illusion et en même temps trop séparées par l'âge et l'expérience de la vie pour se bien connaître, de sorte que leur intimité est parfois inquiète et troublée. Entre elles, point de ces cajoleries, de ces caresses parées et charmantes, aucune de ces fleurs dont les êtres de sexe différent enguirlandent leur tendresse. Elles s'aiment... sans musique, si je peux dire, d'une façon simple, silencieuse, profonde assurément, mais peu apparente. Elles ne s'abordent qu'avec prudence, craignant sans cesse de se froisser l'une l'autre au moindre mouvement de leur cœur ou de leur esprit. Leurs concessions mutuelles ressemblent à des sacrifices; elles se cachent leur affection comme une faiblesse; elles s'observent, s'attendent et croient toujours se deviner.

A certains jours de la vie, grâce à Dieu, ces nuages se dissipent, ces riens douloureux s'effacent comme un mauvais rêve et leur tendresse éclate en dépit des contraintes. L'effusion qui en résulte est alors pour elles la plus douce des délivrances; dans un baiser qui résume leur cœur, elles s'avouent, se pardonnent tout et jouissent avec ivresse de ne plus être dupes d'elles-mêmes, de se sentir au-dessus des misères quotidiennes et de se retrouver unies.

Lorsque ces deux êtres confondent ainsi leurs baisers et leurs larmes, on peut dire qu'aucune affection n'est comparable à la leur, si ce n'est pourtant cette autre tendresse que, dans des conditions semblables, le père et le fils éprouveront l'un pour l'autre.

Pour être impartial, il faut avouer que le père est à la fille ce que la mère est à son fils; ni plus, ni moins.

En vérité, Monsieur et Madame n'ont pas grand'chose à se reprocher mutuellement. Ici et là, même faiblesse, même tendresse aveugle.

La mère, elle aussi, se sent fière et rajeunie au bras de son cher garçon; elle redevient coquette pour faire honneur à ce joli cavalier de vingt ans, et si par hasard il vient poser sa tête sur l'épaule maternelle, la pauvre femme est désarmée, vaincue d'avance, son cœur s'émeut, sa raison bat la campagne, les larmes lui viennent aux yeux. Et dans ces moments-là, l'indulgence lui semble trop sévère, car tout est charmant de ce qui vient de lui; ses fautes même ne sont plus que des peccadilles, presque des séductions qu'on pourrait lui envier.

Aveuglement déplorable!

Cela est bientôt dit, mais que faire?

Est-ce que l'on peut juger froidement l'œuvre où l'on a laissé son cœur tout entier? A quel moment de la vie une mère peut-elle se dire :

« Les liens qui m'unissaient à mon fils sont à jamais rompus ; cet enfant n'est plus moi : je vais le juger comme l'enfant d'une autre, en philosophe et sans partialité. »

Est-ce que cela s'est jamais vu ?

Eh bien, moi je l'avoue franchement, j'ai été pour Robert, mon fils aîné, excessivement faible, presque aussi faible vraiment que les papas et les mamans d'aujourd'hui, que je raille si fort dans mes moments de mauvaise humeur. Nous avions autrefois, il est vrai, des formes plus décentes, un certain décorum qu'ils n'ont plus, mais au fond... Au fond, les faiblesses de l'amour maternel sont de tous les temps.

J'entends d'ici notre grand-aïeul à tous dire à Ève son épouse :

« Femme, votre tendresse aveugle fera de mes garçons de bien mauvais sujets ! »

Ce à quoi la bonne mère aurait pu répondre :

« Mon ami, vous avez beau jeu pour me faire de la morale, mais je vous attends au jour où je vous aurai donné une fille. »

Vous me direz que Caïn a mal tourné, je ne

saurais le nier ; les faits sont là, mais il n'est pas du tout certain qu'il ait été gâté plus que son frère.

Et puis enfin, mon fils à moi, qui le fut considérablement, a été cependant le plus honorable et le meilleur des hommes ; il n'en est pas moins l'un des colonels les plus distingués de l'armée.

Et il eut certainement mille fois plus de mérite qu'un autre à marcher droit son chemin, car les tentations ne lui ont pas manqué. J'en suis à me demander comment il n'est pas devenu le plus mauvais sujet de France et de Navarre. Beau comme il l'était, le pauvre petit... mais ce n'est pas à moi à parler de ces choses-là.

Il était encore dans son berceau, que je disais en le regardant : Que de conquêtes feront ces grands yeux-là. De sorte que je n'ai jamais été surprise, lorsque, à différentes époques, j'ai appris qu'il ne faisait pas peur au monde.

Je me souviens qu'à l'un de nos voyages à Paris, vers 1840 ou 42, il était alors sous-lieutenant aux lanciers blancs, je me trouvai au bal avec lui. Je fus avertie de son entrée dans le

12.

salon par l'espèce de rumeur qui se produisit parmi les femmes dont j'étais entourée. En vérité, j'en fus choquée pour elles. Je comprends fort bien qu'un beau cavalier fasse sensation, mais encore doit-on mettre une certaine retenue dans son admiration, lorsqu'on est du monde.

— C'est le beau d'Ouquenay, vous savez », murmuraient-elles autour de moi, « c'est lui..... ah! qu'il est bien! » Et patati et patata.

Et tout en bavardant ainsi, elles s'éventaient, faisaient des mines, le lorgnaient avec une assurance! Moi, je me disais à part moi :

Croyez-vous, petites sottes, croyez-vous que mon garçon va devenir la victime de la première coquette venue! il en a vu d'autres, mes belles, il en a vu d'autres!

Le plus joli, c'est que l'une de ces écervelées, brune, sèche, longue : une tringle; se penche vers sa voisine et lui dit en minaudant : « Mais je le trouve fort ordinaire, ce lancier. Oh! ce n'est pas du tout mon type! »

Voyez-vous cela. On n'a pas idée des sottises qu'une femme peut dire, lorsqu'elle veut à tout

prix se faire remarquer ! Ce lancier n'était pas
son type... pimbêche ! Je me suis toujours rappelé cela.

Si les pauvres mères pouvaient s'observer
elles-mêmes, avec calme et impartialité, elles
s'éviteraient à coup sûr beaucoup de chagrins.
Malheureusement ou heureusement, les femmes
qui jugent si finement le cœur des autres, sont
presque toujours incapables d'analyser le leur.
L'émotion les domine trop complètement pour
qu'elles aient le loisir de mettre la loupe à l'œil
et de tenir la balance.

Elles se livrent ou ne se livrent pas, mais elles
ignorent cet étrange compromis dont les critiques ont le secret ; elles ignorent ce dédoublement de l'individu qui lui permet d'être à la fois
ému et calme, juge et acteur, de combattre au
plus chaud de la mêlée et d'être en même temps
sur l'éminence voisine, la lorgnette à la main.

A mon avis, d'ailleurs, ceux qui savent si bien

compter leurs larmes n'ont jamais pleuré que
pour rire.

Les femmes ne sont pas du tout dans ce cas-
là et si, par impossible, elles découvraient le
mécanisme de leur émotion, elles chasseraient
bien vite de leur esprit cette découverte importune, par une sorte de pudeur qui leur est propre.

Les élans de leur cœur ont à leurs yeux
quelque chose de sacré qui ne souffre pas la profanation de l'analyse : Le jour où une femme
sait pourquoi elle aime, il est certain qu'elle
n'aime plus.

Les sentiments ardents sont comme le soleil;
ils ne s'observent qu'à travers un verre bleu.

Ce verre bleu s'appelle le souvenir.

Il faut ne plus être pour entrevoir ce que l'on
a été.

Et voilà pourquoi je barbouille tout ce papier
de ma vieille plume tremblante.

Ce n'est certes pas un signe de jeunesse que
de pouvoir analyser ses émotions, et c'est un
commencement d'impuissance que de savoir au
juste pourquoi les autres furent puissants.

D'ailleurs, cette critique raffinée, cette lutte courtoise et délicate entre le cœur et l'esprit, cette sollicitude attentive à laisser naître en soi une émotion pour avoir le plaisir d'en observer les nuances, sont des joies défendues au plus grand nombre. S'abandonner à une croyance suffisamment pour en goûter le charme et point assez pour en subir le joug; être en même temps, comme je le disais, l'être qui ressent avec son cœur et l'observateur qui juge avec sa raison; en un mot : tout comprendre et ne rien croire, tout goûter sans rien digérer, c'est se livrer à des raffinements de dégustation, à des virtuosités de sceptique fort délicates à coup sûr, mais tout à fait exceptionnels et que la masse ignorera toujours.

La masse n'a pas de souplesse, elle est une, ne se dédouble pas : elle doute ou elle croit sans réserve, nie tout ce qui dépasse sa compréhension ou bien accepte tout ce qui peut l'émouvoir. Elle ne se baigne pas dans le scepticisme coquettement, en curieuse désœuvrée : elle s'y précipite, va au fond d'abord et y reste.

Hélas! si la vérité pouvait naître de la libre discussion des hommes, elle mourrait en naissant, dévorée par sa mère.

Qu'importe que la critique puisse nous faire découvrir la vérité, si cette même critique nous empêche d'y croire!

VIII

En dépit de l'horreur instinctive que m'inspirent les pianos en général, je viens d'en acheter
un troisième. A première vue c'est beaucoup,
mais, de cette façon, mes petites mignonnes
pourront étudier ensemble et se trouveront libé-
rées à la même heure.

J'y trouve d'ailleurs un avantage tout personnel : ces trois clavecins étant placés dans le voisinage les uns des autres et résonnant en même
temps, leurs bruits se confondent en un vacarme
unique que je peux éviter en allant me promener dans le parc à une heure déterminée et, à
moins que le vent ne soit du sud, ce qui est rare,

je ne suis pas poursuivie. On me dit d'un air malicieux : « De votre temps, grand'mère, on avait la harpe, cela revient au même. »

Comme si l'instrument divin que j'ai pratiqué avait rien de commun avec leur horrible caisse à musique !

Eh bien, oui, dans ma jeunesse, on pinçait de la harpe ; — que voulez-vous faire à cela ? On n'est pas parfait ! Nous n'en étions pour cela ni plus sottes ni plus laides... si tant est que nous ayons jamais eu, pauvres vieilles que nous sommes, notre moment de jeunesse et d'éclat ! A force de voir les autres en douter, je commence à en douter moi-même. Vainement nous montrons ces portraits d'autrefois où nous sommes représentées en jeunes nymphes émues, assises sur des rochers vert bouteille, suivant la mode du temps.

On lorgne ces peintures comme on lorgne un vieux bahut et, après un sourire incrédule, on nous dit en nous embrassant :

— Chère grand'mère, ne voulez-vous pas rentrer dans votre chambre ? vous allez prendre froid.

Il s'agit bien de prendre froid ! Cette nymphe, ce fut moi, monsieur, ce fut moi-même ; ce portrait était parlant. Vous voyez là mon bras, et mon cou, et mon pied tels qu'ils étaient... Il n'est pas jusqu'à ce site agreste et solitaire, jusqu'à cette cascade murmurante... là, dans le fond, à droite : il n'est pas jusqu'à cette cascade, dis-je, qui n'aidât à la ressemblance. Ah ! mon Dieu !

Quand je vois passer, à certains jours anniversaires, les débris de la Grande Armée, je suis prise d'émotion. Tous ces pauvres vieux empanachés, chancelants sous leurs costumes flétris et trop larges, me font faire un retour sur moi-même. On sourit en les regardant ; il semble que de ces milliers d'hommes héroïques il ne reste plus qu'une brassée de loques.

Y a-t-il donc une loi morale qui autorise le présent à rire de ce pauvre passé, sans lequel il n'aurait pas de raison d'être ?

Enfants qui héritez de vos pères, ne vous moquez pas trop de leurs habits, de peur que vos fils n'insultent à vos cheveux blancs.

13

Nous avons eu des travers, les vôtres seront-ils moindres ?

La vie, voyez-vous bien, est une œuvre que l'on exécute sans s'en douter. Par le seul fait qu'on a vécu longtemps, on a édifié quelque chose, cabane ou palais, et, par suite, on a toujours laissé pour preuve de ses erreurs quelque cheminée qui fume, quelque corridor où l'on n'y voit pas.

Et lorsque les enfants construisent à leur tour, afin de ne pas tomber dans ces fautes qui leur sautent aux yeux, ils font le contraire de ce que leur père avait fait : ils portent au grenier les bêtises qui étaient à la cave et, de la sorte, ménagent à ceux qui leur succèdent le facile triomphe de remeubler la cave aux dépens du grenier.

On pinçait donc de la harpe dans ma jeunesse, et j'étais assez habile sur cet instrument-là. — Il faut avoir un pied dans la tombe, ma parole d'honneur, pour oser avouer cela. — Maintenant on ne connaît plus la harpe que pour la voir sur le dos des polissons qui vont faire de la mu-

sique sous les portes cochères; c'est un instrument humilié, crotté, honteux. Il n'en était pas
ainsi autrefois.

Il fallait voir une jeune et jolie femme, seule,
au milieu du salon, enlevant avec lenteur ces
grands gants en peau de Hollande qui nous
montaient jusqu'au delà du coude; puis,
s'asseyant avec une pudeur mêlée de grâce et de
noblesse; promenant ensuite sur l'assemblée un
regard modeste et souriant, avec un de ces mouvements circulaires du col qui dégagent les
épaules si avantageusement; et enfin, après avoir
arrondi les deux bras, préludant par quelques
accords suaves et langoureux dont l'horrible
petite armoire qu'on appelle un piano droit ne
pourra jamais donner l'idée.

On n'entendait pas seulement la virtuose, on
la voyait. Que d'art, que de charme, que d'expérience il fallait pour satisfaire ces auditoires
délicats !

La musique n'en était pas réduite à une désar-
ticulation savante des doigts, à une tempête de
bruits incohérents qui coupe la respiration; il

n'était pas permis d'être grotesque, il fallait unir l'adresse à la grâce, et l'on restait femme devant son instrument. Il fallait enfin avoir je ne sais quoi d'inimitable qui ne se rencontre pas dans la loge des portiers.

Mais dame, aussi, les succès étaient des triomphes !

Je peux bien le dire, maintenant qu'il est tombé tant de neige sur mes parterres : j'avais sur la harpe un véritable talent.

Je disais à ravir : « *Beau chevalier*... ta... ta... ta... *qui revient de la guerre...* »

J'ai vu pleurer quand je chantais « *Beau chevalier,* » et cet autre air en mi-bémol : « *Honneur et vertu !* » C'était un duo dont le baron raffolait... Comment pourrais-je oublier tout cela !

Je chantais avec goût, j'avais une jolie main, un pied présentable, de sorte que l'on aimait à m'entendre.

Je voudrais bien, en vérité, que l'on plaisantât « *Beau chevalier* » ou bien « *Honneur et vertu* », à cette heure où des péronnelles de seize ans disent, sans se voiler, des romances souillées de patois et entachées d'argot.

Ma pauvre harpe resta longtemps dans un coin du salon, cachée sous sa douillette de soie. Parfois, lorsque nous étions bien seuls, j'enlevais sa robe de chambre et réveillais un peu les cordes endormies de mon vieil instrument... et mon cher mari fredonnait tout doucement en jouant avec sa tabatière, et nous ne pouvions nous empêcher de sourire.

Mais, ma fille et plusieurs de ses amies, pianistes comme elle, naturellement, eurent, en passant près de l'*objet,* — elles appelaient ainsi ma pauvre harpe, — eurent, dis-je, des familiarités qui me blessèrent au cœur et, silencieusement, je fis porter l'*objet* dans une grande armoire où je le soignai de mon mieux.

Que dirait cette marmaille irrespectueuse si elle savait que la chère vieille harpe est toujours là depuis trente ans et que, maintenant encore, en hiver, lorsqu'ils sont tous partis, je vais souvent lui faire ma visite, armée du petit plumeau que voilà? Ils se moqueraient de moi!

Et c'est ainsi que chaque génération a une ruade toute prête pour celle qui l'a précédée.

Ne vous frottez pas trop les mains, jeunes héroïnes qui tapotez si rapidement sur l'ivoire. Le goût du tambour pourrait bien remplacer celui du piano, et vos enfants transformeront peut-être vos élégants clavecins en buffets à serrer le linge.

Chose singulière : mon fils aîné, mon cher garçon, fut toujours respectueux pour ma harpe. Une ou deux fois il me vit à l'œuvre, et, quoique je fusse déjà vieille, il me parut touché. Un fils qui est devant sa mère ne peut oublier qu'il est devant une femme et, à côté de ses tendresses de fils, il y a les égards de l'homme.

« — Savez-vous, mère, me dit-il un jour, » — ce sont des niaiseries, mais de douces niaiseries, — « Savez-vous que vous deviez être charmante ! »

Que vous deviez être !... Le cher ami, il n'osait pas l'affirmer.

Le terrible, c'est l'impossibilité où sont nos propres enfants de comprendre au juste ce que nous avons été et, par suite, ce que nous sommes. Ils n'ont pas vu avec nos yeux, ils n'ont pas senti avec nos cœurs, et de tout ce qui fut notre vie, ils ne voient que le fantôme. Ce sont pour eux lettres mortes à jamais, fleurs fanées, flammes éteintes, et s' par tendresse, respect filial ou simple curiosité, ils cherchent à faire revivre le passé, c'est l'âme du présent qu'ils lui prêtent sans s'en douter. Ils nous refont à leur image et nous jugent d'après cette chimère qu'ils croient être notre ressemblance. Le mal est sans remède; nous sommes impuissants à redresser leur erreur, entre eux et nous il y a un abîme. Être à la fois si près d'eux et si loin!

Nous ne sommes plus dans le ton de leur musique; nous en avons conscience; mais est-il bien sûr que ce soit nous qui chantions faux?

Ils ne croient pas se tromper, mais n'avons-nous pas cru comme eux être infaillibles? Et cependant, que de revirements dans nos croyances! Puisqu'il est certain qu'ils change-

ront comme nous l'avons fait, tâchons de supporter sans troubles leurs convictions présentes.
Ne blâmons pas avec trop d'amertume ces
illusions du présent que nous ne pouvons plus
comprendre, afin que les jeunes respectent en
nous les rêves du passé qu'ils ne comprendront
jamais complètement.

Têtes blonde et têtes blanches ne peuvent se
trouver sous le même bonnet.

Les vieillards doivent avoir la douceur et la
prudence des naufragés qu'on veut bien recueillir.
Ils sont hors de circulation et ressemblent à ces
objets rares que l'on place dans des vitrines
honorables, par le seul fait qu'ils sont *du temps*.

Hélas! nous sommes du temps... de l'autre,
du vieux!... j'allais dire du bon; mais j'aurais
effacé.

Quand on a l'inconvénient d'être un monument historique et que l'on n'a plus pour tout
prestige que sa rareté, il faut être bien modeste.
De la vitrine au grenier, il n'y a qu'un pas.

A moins qu'on nous le demande, il ne faut
pas exhiber nos atours. Il faut garder notre rai-

son au fond du tiroir. Il faut... il faut... que d'efforts pour ne pas déplaire! Cent fois plus assurément que pour charmer.

Oui, la grand'mère est, dans la famille, sous la sauvegarde d'une pieuse étiquette, je le sais bien.

— Parlons plus bas, grand'mère sommeille. Marchons moins vite, grand'mère ne pourrait pas nous suivre. »

On la respecte, on l'entoure d'égards, on lui demande son approbation, on lui demande surtout ses prières; on règle sa gaîté sur la sienne.

Tout cela est fort bien, mais, quand l'heure venue, je quitte le salon pour aller me coucher, il me semble que derrière la porte à peine fermée, j'entends les éclats de rire qui s'échappent en liberté comme une volée d'oiseaux dont la cage vient de s'ouvrir.

Et cela me fait un peu de peine.

Je me trompe, assurément, j'ai tort de penser ainsi. Ils ont tous plaisir à se retrouver chez moi et ils m'aiment bien, les chers enfants; mais, que voulez-vous, l'âge est une glace qui vous

13.

sépare des autres et, à travers cette glace, la
tendresse laisse un peu de chaleur en passant.

La grand'maman ne se plaint pas que l'on ait
autant de respect pour sa dignité d'aïeule, mais
elle souhaiterait que cette vénération mît les
misères de sa sénilité un peu moins en évidence.

Dans l'affection qu'on lui témoigne, elle voudrait qu'on ne pût pas deviner un devoir à
accomplir ou un dévouement dont le ciel tiendra
compte, mais qu'au contraire la compassion s'y
cachât sous un abandon plus spontané et une
effusion moins réfléchie.

Elle voudrait, pour tout dire, qu'on l'aimât
un peu plus pour elle-même, la vieille coquette!
Elle voudrait qu'on payât son amour par un
amour semblable et que tous les jeunes cœurs
qui l'entourent vinssent se confondre dans le
sien.

C'est, hélas! l'impossible qu'elle souhaite;
elle le sait et c'est là son souci.

Cet amour qu'elle porte à ses enfants est
d'une espèce trop particulière pour que la réciprocité soit possible.

Il est doux, calme, sans éclat, mais profond et persistant. Il est comme une harmonieuse rumeur où l'on retrouve confusément toutes les sonorités d'une longue vie. En aimant ses enfants, la vieille femme se rapproche du seul foyer qui puisse réchauffer son cœur frileux. Leur seule vue la ranime. Leur jeunesse, leurs joues roses et leurs dents blanches, leur confiance aveugle, leur bonheur de vivre, leur inexpérience joyeuse, tout, jusqu'à certains défauts, lui offre un tableau charmant, charmant surtout parce qu'il réveille en elle le souvenir de son propre passé et que, par le plus séduisant des songes, elle se retrouve en eux. Il semble que de leur bouche rieuse s'échappe un souffle printanier qui soulève ses cheveux blancs et, comme une caresse, efface pour un instant les rides de son front. Rêve bien léger, à coup sûr! Mais c'est précisément parce que l'illusion en est transparente que le réveil en est sans amertume.

Aimer ses enfants et ses petits-enfants est le dernier, le seul bonheur auquel se puisse ratta-

cher la vieillesse; l'unique linceul où elle puisse
s'endormir heureuse et souriante avant d'aller à
Dieu.

IX

Ma vieille gazette cite volontiers les passages remarquables contenus quotidiennement dans les journaux les plus en vue. J'ai ainsi une idée assez nette de la nourriture morale dont s'alimente l'esprit public : cela dépasse l'imagination. Cette société dévore le vent, ce me semble.

Je vois ce matin, par exemple, que « les droits naturels et primordiaux s'allient aux principes nécessaires pour faire jaillir la synthèse démocratique dans tout son éclat scientifique. »

Je sens que mon éducation est incomplète et je renonce à comprendre.

Ma pauvre Julie, qui d'ordinaire me lit le journal après déjeuner, fait des grimaces épouvantables en détaillant ces morceaux-là, à moins qu'elle ne s'arrête court comme en face d'un nid de serpent.

— Qu'as-tu, mon enfant?

— Madame la baronne, je ne comprends pas.

— T'imagines-tu que je comprenne mieux que toi, petite sotte? Voyons, enjambe et dépêchons!

Je crois que cette société si effroyablement sceptique est travaillée par un grand besoin de croyance et de foi. Cela expliquerait que, n'ayant plus nos vieux autels, elle s'agenouille devant les mots et allume des chandelles autour de principes tout neufs qui, à trois pas, jouent le symbole.

Au lieu de juger les faits suivant la couleur du principe, ne serait-il pas sage d'estimer le principe d'après la qualité des faits? Les hommes sont comme les arbres fruitiers : c'est par leurs fruits qu'ils valent quelque chose; attendez la récolte.

Vous vous dites vertueux, monsieur? — Ouvrez vos tiroirs et montrez-nous vos actions.

On parle de votre beauté? — Otez votre masque et venez là où il fait clair.

Vous vantez la liberté? — Voyons un peu ce que vous en avez su faire.

Vous avez un grand cœur? — Mesurons.

Un Persan a dit : « Le moulin marche, mais je ne vois pas la farine. » Je suis comme le Persan : j'entends les bêtises qu'ils débitent, mais je ne vois pas le bien qu'ils font.

Assurément, il est juste d'être poli pour les hommes qui, publiquement, flétrissent le mal avec éloquence; mais avant de les admirer tout à fait, j'aimerais à les voir en robe de chambre et défrisés. Tant qu'ils travaillent, je les tiens pour excellents; c'est quand ils se délassent que je les veux juger. Il y a positivement des gens trop honnêtes pour ne pas être à battre. C'est la chose du monde la plus triste, que de constater cela.

X a quelques qualités — Z possède des vertus sans nombre. X est secourable — Z est philan-

thrope. X aidè ses amis quand il peut — Z se dé-
voue à l'univers entier, et cela continuellement.

On aime X, mais Z est vénéré.

Je n'hésite pas, je cours à X et je m'écarte
de Z.

Mon mari disait un jour : « Quand un
homme, après vous avoir demandé de la monnaie,
examine vos pièces et les soupèse une à une, ne
vous hâtez pas de croire qu'il pousse la crainte
d'être trompé jusqu'au scrupule, mais tenez pour
probable que son billet était faux. »

J'ai peur que tout ne soit pas paradoxal dans
ce paradoxe du baron. Quoi qu'il en soit, on n'a
pas tort de se méfier des gens à principes austères. Beaucoup ont de ces principes-là comme
on a des chevaux de luxe à l'écurie. Ils parlent
perpétuellement de leur attelage, mais on ne les
a jamais vus qu'en fiacre.

Outre qu'ils craignent d'enrhumer ces bêtes
précieuses, qui certainement n'y survivraient
pas, la vérité est qu'en montant dessus, ils sont
presque certains de se faire jeter par terre.

A tous ces coursiers de cérémonie, je préfère

un bon âne qui, sans gambades ni prouesses, tout en trottinant, ramène sûrement son homme au logis.

X

En jetant au feu une foule de vieux papiers, j'ai retrouvé une vingtaine de pages que je ne veux pas brûler, parce qu'elles me rappellent de bonnes heures passées auprès de mon petit Georges. De tous mes petits-enfants, c'est lui que j'ai eu le plus souvent auprès de moi. Outre qu'il est né à Orchamp, il y a passé une bonne partie de son enfance. Étant assez frêle et ne se portant vraiment bien qu'à la campagne, mon fils Robert et sa femme, qui changeaient perpétuellement de garnison, me le laissèrent pendant des mois entiers.

Si j'osais avouer une monstruosité, je dirais que j'ai un faible pour ce cher enfant.

C'est auprès de son berceau, pour ainsi dire, que j'ai pris ces notes, et en les relisant, il me semble que j'y suis encore. Les voici telles quelles :

Contrairement à ce qu'assurent les personnes un peu tristes, la vie ne commence pas par des gémissements et des larmes de désespoir. Ce serait vraiment aller trop vite en besogne. Si mon petit garçon a poussé un cri en entrant dans ce monde, c'est qu'il y était contraint par l'impérieuse nécessité de remplir au plus vite ses poumons affamés d'air. S'il a fait en même temps une grimace épouvantable, c'est qu'il concentrait tous ses efforts dans cette opération délicate, la première et, de beaucoup, la plus importante de sa vie.

Je l'avais entendu déjà, ce cri du nouveau-né, j'avais assisté déjà à cette scène solennelle, mais

moi-même je jouais alors un rôle trop important dans la pièce pour juger les choses avec
sang-froid.

Le fait est qu'un homme qui se noie ne met
pas plus de passion en s'accrochant à la branche
que n'en met l'enfant lorsqu'il contracte pour la
première fois les muscles de sa poitrine. Tous
deux luttent avec une égale ardeur : l'un pour
faire entrer la vie, l'autre pour l'empêcher de
sortir.   •

Il y a cependant une différence : l'homme qui
se noie a conscience du péril ; tandis que l'enfant
exécute sans comprendre ; c'est la Providence qui
veut pour lui. Tu n'es encore, mon mignon,
qu'une petite machine admirable.

Il est vrai que plus tard, lorsque la raison, le
libre arbitre, la volonté... Plus tard, il en sera
de même à peu de chose près.

La liberté humaine n'est qu'une soumission
qui s'ignore, et il est bien heureux qu'il en soit
ainsi, car le monde ne survivrait pas à une
seconde d'indépendance véritable.

Quoi qu'il en soit, tu respires en dépit de toi-même, mon garçon, ton petit soufflet s'est mis en branle pour ne plus s'arrêter; c'est l'important.

Or, suivant que ce précieux soufflet s'affaisse avec violence ou douceur, il se produit un *hi* perçant, ou bien on entend un *ha* prolongé, une sorte de soupir heureux.

Ce *hi,* qui ressemble pas mal au bruit d'une porte mal graissée, est pour le petit être la manifestation la plus intense de sa vitalité; il exprime à la fois ses colères et ses souffrances les plus vives, ses désirs et ses besoins les plus impérieux; car, colères, souffrances, désirs, besoins, ne sont encore pour lui qu'une seule et même chose.

Tout au contraire, le *ha* qui s'échappe si aisément de ses lèvres correspond à l'état de satisfaction qu'il éprouve lorsqu'après avoir teté un bon coup, par exemple, il reste étalé dans ses langes.

Ces deux émissions de voix sont donc les seules notes de son clavier et correspondent aux deux états qui résument sa vie : bien-être ou malaise.

En dehors de cela, toutes les nuances lui échappent encore; et il y paraît, car il passe du cri au soupir subitement, sans transition ni raison appréciable, et avec une persistance! Comme j'avais fait disposer sa chambre à côté de la mienne, rien ne m'échappait de sa musique, et souvent, au milieu de la nuit, je m'écriais :

— Nourrice, ma chère, voyez ce que veut ce petit enragé; si c'est la lune, qu'il le dise franchement.

Et la brave femme, qui était une laitière parfaite, murmurait consciencieusement :

— C'est-y la lune que vous voulez, monsieur Georges; c'est-y la lune, mon amour?

Pour tout dire, le nouveau-né braille d'une façon désespérante, mais attendez que l'habitude de la vie ait donné à ses organes une assez grande finesse pour qu'il ne confonde plus, par exemple, la souffrance que lui cause la soif avec la gêne résultant d'un nœud de brassière mal placé; attendez qu'il s'établisse dans ses sensations une sorte de gamme, et vous entendrez en même temps une gamme correspondante de sons intermédiaires sortir de son petit gosier.

Entre le noir et le blanc de sa palette, apparaîtront une suite de gris d'autant plus fins et nuancés que ses sensations nouvelles seront plus variées et plus nombreuses.

Cette comparaison vient naturellement à l'esprit. Il est même très curieux, soit dit en passant, que l'on ne puisse pas parler des sons sans faire allusion aux couleurs et réciproquement. J'en parlerai à Ferou. Dans tous les cas, ce ramage instinctif de l'enfant est monochrome; il est bien véritablement le mélange plus ou moins varié du noir et du blanc, du cri et du soupir. C'est un camaïeu qui se colore seulement à l'heure où le petit être distingue sa propre voix de tous les autres bruits qui l'entourent et constate une relation entre l'effort qu'il fait et la sonorité qu'il perçoit, à l'heure enfin où il a confusément conscience de son individualité.

Cette éclosion morale se manifeste extérieurement dans toute sa personne : sur son visage, devenu plus souple et plus impressionnable, on voit s'ébaucher, comme à travers un voile, une

ombre de physionomie; ses narines transpa-
rentes s'animent et frissonnent, sa bouche
s'exerce au sourire; on sent une lueur intérieure
qui éclaire et réchauffe; on devine l'âme qui se
répand et pénètre dans ce petit corps. Il semble
que l'enfant se déplie, s'étale à la façon de ces
feuilles naissantes que caresse le soleil. Les muscles s'assouplissent, les mouvements prennent
une allure.

Souvent, alors, sa petite bouche encore
humide de lait, reste ouverte, immobile comme
sous l'empire d'un grand étonnement, tandis que
dans son regard fixe et clair on devine un
mélange de surprise et de curiosité... Ce n'est
plus une fleur qui répand un parfum, c'est un
être qui commence à penser.

Que ne peut-on lire et noter heure par heure
tout ce qui se passe dans le cœur d'une jeune
mère, durant ces longues heures où, tenant l'enfant dans ses deux bras, elle le regarde vivre,
épie ses moindres frémissements et le pénètre de
sa tendresse!

Je disais donc que le jour où l'enfant entend

sa voix, d'instrument passif et sonore qu'il était, il devient artiste. On le voit alors souffler de mille façons diverses, contourner son petit bec dans l'espoir souvent déçu de varier ses impressions. Il essaie à l'aventure ; tout lui est bon, pourvu qu'il satisfasse le plaisir si nouveau pour lui d'entendre et d'écouter.

Quand j'étais à Paris, je me souviens qu'en passant quai d'Orsay, devant la caserne des gardes du corps, à l'heure où les musiciens étudiaient leur instrument, on entendait une abominable cacophonie, et cependant on sentait que dans ce chaos il y avait un morceau complet, charmant peut-être, mais réduit en miettes. Pareillement, au milieu de toutes les sonorités étranges dont résonne incessamment la chambre de l'enfant, on devine des parcelles d'harmonie et comme un léger parfum musical. Ce n'était qu'un soufflet inconscient ; c'est maintenant une voix qui s'exerce.

Dans le vacarme plus ou moins harmonieux dont le petit homme charme son oreille, certaines sonorités le frappent plus particulièrement

14

pour ressembler à d'autres sonorités qu'il a déjà
entendues ; il s'y arrête, les veut reproduire
encore ; de là toute une série de tâtonnements
et d'essais où l'intelligence joue un rôle.

La joie d'entendre se double du désir d'imi-
ter. En même temps, sa vue plus exercée lui
fournit des renseignements précieux sur le mécanisme vocal : il voit les lèvres de ceux qui
l'entourent s'agiter d'une façon particulière qu'il
constate et qu'il retient. Un beau jour enfin, il
articule de véritables syllabes.

Conquête d'autant plus précieuse qu'elle est
le résultat d'efforts prémédités et qu'elle le conduit au seuil même de la parole. Le jeune vainqueur a trouvé le trou de la serrure et y a
enfoncé la clef ; un tour de main et la porte sera
ouverte.

Rien n'est charmant comme ce premier bégaie-
ment mystérieux où l'on croit deviner de si
jolies choses qui n'y sont pas ! On prête alors
au cher petit les idées les plus fines, les intentions les plus spirituelles, cependant que la
valeur symbolique des mots est encore un mys-

tère pour lui, et l'on croit qu'il parle, alors qu'il fait de la musique, tout simplement.

Les fragments qu'il articule sont des sonorités plus intéressantes que d'autres, rien de plus, et s'il fait entendre plus souvent certaines d'entre elles, c'est que celles-là lui plaisent davantage et qu'il les reproduit plus aisément.

Pour les enfants et pour les hommes, les sons ont une espèce de saveur, d'expression particulière qui les attire ou les repousse sans qu'ils puissent en expliquer la raison. Et c'est là un étrange mystère que Ferou ne m'expliquera pas.

Pourquoi telles vibrations du tympan nous causent-elles de la joie, telles autres de la tristesse; pourquoi celles-ci nous portent-elles à la rêverie, tandis que d'autres nous poussent à braver le danger; pourquoi tous les airs de bravoure, quelle que soit leur origine, ont-ils entre eux une sorte de parenté qui se traduit dans l'allure et le rythme; comment se fait-il qu'il en soit de même pour les airs d'amour ou les chants religieux?

Il est donc vrai de dire que chaque son a une

expression et comme une vertu qui lui sont propres, et c'est sans doute ce caractère des sonorités qui a été l'origine et le point de départ de
toutes les langues humaines. On a chanté ses·
idées et ses besoins avant de les parler.

L'enfant obéit à cette loi et il est facile de le
constater : en entendant certains sons qui n'ont
d'ailleurs aucun sens grammatical, mon petit
Georges s'anime, sourit, tend les bras, ou bien
s'attriste, devient rêveur et souvent s'effraie.

Il y a mieux : le matin, lorsque je vais le voir
dans son berceau, et que le soleil emplit la chambre, le plaisir illumine son visage et le voilà
gazouillant ; mais j'ai remarqué vingt fois que
son gazouillement du matin avait une expression
particulière et qu'il répétait alors certaines syllabes de son répertoire, à l'exclusion de toutes
les autres qu'il semblait avoir oubliées.

Les oiseaux, eux aussi, varient leur ramage
suivant l'heure et le temps. En somme, les mots
n'ont d'abord de valeur pour l'enfant que par
leur caractère musical, c'est-à-dire par la sensation qui en est la conséquence. Et j'en conclus

que le mot papa, par exemple, qu'il prononce bientôt — grâce à l'insistance de ceux qui l'entourent — ne représente pas du tout, comme on le croit, le monsieur barbu qui est l'auteur de ses jours, mais une certaine espèce de sensation qu'il éprouve au contact de ce personnage.

Le mot lait ou lolo — car je ne sais pourquoi on se plaît à apprendre d'abord à l'enfant un jargon de nourrice qu'il devra désapprendre ensuite, — le mot lait, disais-je donc, ne représente pas non plus pour lui la liqueur blanche et sucrée dont il fait ses délices, mais bien la sensation de gourmandise satisfaite, de faim assouvie qu'il éprouve lorsqu'il a rempli son petit estomac.

Nous sommes dupes de nous-mêmes lorsque nous observons ces chers bambins : nous croyons leur découvrir dès l'abord les sentiments et les idées qui ne peuvent être que le résultat de l'expérience; et nous ne serions qu'à moitié surpris si le petit être, à son entrée dans le monde, nous saluait d'un sourire amical en s'écriant :

« Ah! ma mère, que de reconnaissance! »

Nous oublions que l'amour maternel nous est

né en son temps et que l'amour filial leur naîtra aussi quand le moment sera venu, si toutefois nous avons préparé le terrain; car la plus mince tendresse veut être semée par celui qui doit plus tard en recueillir les fruits.

Nous prêtons donc gratuitement à l'enfant notre science de la vie. Entre autres preuves, celle-ci m'a particulièrement frappée :

On s'imagine que le substantif étant pour les hommes le plus simple et le plus précis des mots, doit être aussi le premier dont l'enfant ait l'intelligence. Je l'ai cru comme tout le monde jusqu'au jour où il m'a paru que tout le monde se trompait, et j'ai constaté alors que ce fameux substantif, si limpide à première vue, reposait en réalité sur la plus abstraite et la plus arbitraire des conventions humaines.

Voyez le temps qu'il faut à une société pour arriver à comprendre qu'un bœuf vaut un petit tas de métal jaune et que ce petit tas de métal est à son tour l'équivalent d'un morceau de papier taché d'une certaine façon.

Pourquoi s'étonner si l'enfant qui débarque a

besoin de réfléchir avant d'échanger un objet contre un son?

Le substantif, pour peu qu'on le regarde de près — j'avoue que l'idée ne m'en était pas encore venue — désigne, ce me semble, un être ou un objet considéré dans sa substance, c'est-à-dire abstraction faite des liens qui nous unissent à lui et en dehors des impressions qu'il nous cause. L'être ou l'objet pris substantivement se sépare donc de nous, devient un fantôme solitaire, symbolique, une véritable abstraction. Si bien qu'il nous faudra tout un arsenal de pronoms, d'adjectifs, de verbes pour rétablir entre lui et nous l'intimité rompue et la faire rentrer dans notre vie.

L'idée du substantif découle évidemment de cette observation qu'un objet ou un être ne produit pas sur tout le monde la même impression, que chacun le voit et le juge selon ses goûts, ses besoins, et que si on le désignait d'après tous les jugements qu'on en porte, le même objet ou le même être aurait autant de désignations qu'il y a d'individus.

D'où l'obligation, pour pouvoir s'entendre, de l'exprimer par un signe conventionnel qui lui donne une sorte d'existence abstraite, fictive, mais acceptée de tous et indiscutable.

C'est là un compromis nécessaire au commerce des hommes entre eux; mais l'enfant qui met son petit pied rose sur le seuil de l'humanité en ignore toutes les conventions, et celle du substantif en particulier.

Cher petit égoïste, l'univers qui t'entoure ne dépasse pas le cercle étroit de tes sensations. Tu n'as la notion du monde extérieur que par le bien-être ou le malaise qu'il te cause. Ta petite personne est tout : les caresses n'ont de valeur pour toi qu'autant qu'elles te sont douces; le dévouement d'autrui qu'autant qu'il te soulage. Qui songerait à s'en plaindre? Dieu ne veut-il pas que ta seule présence soit la plus vive des joies et qu'en te laissant aimer tu réalises le vœu le plus cher de ceux qui t'entourent?

L'amour des autres est aussi nécessaire à l'enfant que l'air qu'il respire; c'est un duvet précieux qu'il doit trouver tout prêt au début de sa

vie pour s'y blottir et s'y cacher, et c'est parce
qu'il ne peut pas préparer lui-même ce nid, c'est
parce qu'il est incapable de réclamer la tendresse
des autres et de la payer en bons écus sonnants,
que la Providence lui fait crédit, que l'amour
maternel naît comme par miracle, se suffit à lui-
même et semble d'autant plus profond qu'il est
moins payé de retour. C'est pour cela enfin que
l'amour maternel élève l'âme au-dessus des calculs ordinaires de l'égoïsme et atteint tout d'a-
bord à cet idéal où le sacrifice est une jouissance.

Tout cela n'est-il pas admirable? Est-ce le
cœur ou l'esprit qui sera le plus ému en face
de cette merveille vivante, de ce petit être en
éclosion?

Qui le croirait : en quelques mois il a passé
par tous les règnes de la nature, il a traversé tous
les états. De masse inerte, il s'est élevé jusqu'à
la plante et il a vécu de sa vie ; puis il est monté
en grade, ses organes se sont perfectionnés, et,
clopin-clopant, il a mis le pied sur le premier
échelon de la vie animale, il a grimpé peu à peu,

se perfectionnant sans cesse; il est arrivé au sommet de l'échelle et on l'a nommé homme.

Pauvre petit enfant de troupe, tu gagnes tous tes grades, ayant dans ta giberne le bâton de maréchal que le bon Dieu y a mis et tu arrives enfin, quand tu ne meurs pas en route, à être notaire, pair de France ou ferblantier.

Le moment où l'enfant entrevoit la valeur réelle du substantif est donc celui où il comprend que les choses et les êtres existent en dehors de lui et que les sensations qu'il éprouve à leur contact sont de simples liens qui peuvent être rompus sans que le monde extérieur en soit modifié, et c'est parce que ces liens lui sont nécessaires, parce qu'il a besoin d'exprimer les relations qui existent ou qu'il veut établir entre lui et ce qui n'est pas lui, qu'il use presque en même temps du substantif et du verbe.

C'est le verbe, en effet, qui nous rattache au reste du monde et vivifie ce qui est, il est l'expression de la vie; il est la vie elle-même, avec toutes ses nuances et ses complications. Et si l'enfant n'en connaît d'abord que l'infinitif, c'est que ce temps vaporeux et complaisant est un idéal dégagé de toutes les difficultés pratiques et qu'il nous attend en souriant au seuil de l'existence pour nous en faire les honneurs. Avec lui, point de souci, point d'inquiétude; on n'a qu'à tendre la main : dormir, jouer, manger, boire... comme tout cela est simple, facile et bon !

Et cependant, tu verras bientôt, mon mignon, combien il trompe son monde, ce poétique infinitif séduisant et intangible comme un mirage. Il se prête à toutes les illusions, mais résume aussi tous les déboires; il promet tout et ne donne rien.

Mon Dieu, le verbe tout entier avec sa conjugaison savante n'est, à le bien prendre, qu'une évocation de fantômes, une suite de promesses et de regrets, de rêves naissants et de rêves éteints !

Le présent de l'indicatif semble, à première vue, exprimer une réalité solide et précise, dites-vous? Eh bien, observez-le, et voyez quel mince personnage; si mince qu'il n'est rien sans le secours du passé et le soutien du futur.

Le présent! qu'est-ce? — L'aiguille de la pendule marche incessamment ; vos lèvres n'ont pas encore eu le temps de dire *j'aime,* que ce mot c'est déjà transformé en un mélancolique *j'aimais* et en un joyeux *j'aimerai.* La possession n'est pas de ce monde.

L'amour ne sera jamais pour nous qu'une soif d'autant plus ardente que la coupe semble plus près des lèvres.

. La tendresse n'est que le rêve irréalisable d'un rapprochement poussé jusqu'à l'absorption. Les baisers, les serrements de main, cette ardeur à supprimer les obstacles matériels, à confondre physiquement les deux individus, est l'image naïve de cette attraction morale, de ce plus près toujours plus près que l'on nomme ici-bas l'amour, mais qui n'en est que l'ombre.

N'est-ce pas pour se tromper eux-mêmes que les amants s'étreignent avec tant de passion ?

De même que le présent n'est que la ligne imaginaire qui sépare le passé de l'avenir, de même aussi ce que nous appelons la possession n'est que la transformation d'un désir en un autre.

Jouir, c'est se rappeler qu'on a souhaité et constater qu'on peut souhaiter encore.

Vivre, c'est sentir la corde se tendre et vibrer; c'est frissonner d'impatience, c'est aspirer, c'est s'efforcer vers un but qui nous attire en fuyant.

Et l'impossibilité d'atteindre ce but est notre raison d'être. C'est notre éternelle impuissance qui est la source de notre force et parfois de notre grandeur.

Cette loi de l'inquiétude et du désir enveloppe et pénètre l'univers. Ne retrouve-t-on pas, dans le monde physique comme dans le monde moral, ce besoin perpétuel d'assimilation, cette recherche fatale d'un autre état, ces répulsions et ces attractions constantes? Jusqu'au plus intime de la matière les molécules frissonnent, s'attirent et se repoussent. L'éther et l'air vibrent incessamment. Les mondes se cherchent sans jamais s'atteindre ni se confondre. L'inquiétude, le désir non satisfaits sont partout et le verbe est l'expression de ce malaise à la fois vivifiant et terrible.

Ne peut-on pas dire que la conjugaison du

verbe est d'autant plus complexe et raffinée que
la vie de l'homme devient plus difficile?

Tous ces trésors de linguistique, toutes ces
ressources de parole sont avant tout la constatation de nos misères et de nos embarras.

Cela tient à ce que la moindre pensée n'apparaît pas dans l'esprit, isolée, indépendante,
mais, au contraire, fait partie de tout un monde
d'impressions antérieures auxquelles elle reste
attachée par des liens invisibles et innombrables.
Cela tient à ce qu'une pensée n'est qu'un atome
insaisissable de ce tout sans limite qui est
l'âme; qu'un des anneaux sans nombre du rêve
de la vie.

En effet, cherchez à l'observer isolément, cette
pensée, et vous la verrez, sous l'effort de votre
attention, se dédoubler, devenir multiple, se confondre avec une infinité d'autres qui se dédou-
bleront et se multiplieront à leur tour.

De même que les forces créatrices de la nature, sans en excepter une seule, ont concouru
à l'éclosion du plus petit des insectes, et que cet
être miscroscopique résume tous les mystères

de Dieu, de même, chaque pensée résume l'existence, et, dans la moindre d'entre elles, nous
percevons vaguement les échos infinis de notre
passé.

N'est-il pas clair alors que, pour faire tenir
exactement une -pensée dans un mot ou une
phrase, il faudrait y enfermer aussi l'âme de
l'homme tout entière ?

La vérité est que l'on ne peut exprimer à
l'aide de termes définis et matériels ce qui est
immatériel et indéfini, et qu'entre les bruits
symboliques du langage et les mouvements du
cœur ou de l'esprit, il n'y a pas de commune
mesure.

Voyez aussi que d'efforts pour faire deviner
aux autres ce concert intime de pensées harmo-
niques qui accompagnent le moindre frémisse-
ment moral de notre être et se confond avec lui ;
et comme après tout ce travail nous sentons que
nous n'avons donné aux autres que l'apparence
de notre émotion, tandis que le meilleur en est
resté au fond de nous, inexprimé, inexpri-
mable.

Si grande que soit l'éloquence d'un homme, il ne peut nous faire pénétrer en lui, et si notre âme résonne par hasard à l'unisson de la sienne, c'est avec son timbre et suivant le diapason qui lui est propre.

Les hommes ici-bas se chercheront éternellement sans pouvoir se comprendre. Les meilleurs discours ne seront jamais beaucoup plus clairs qu'un catalogue de musée. Nous croyons, en parlant à autrui, lui faire toucher du doigt nos trésors et lui communiquer notre émotion, mais en réalité nous l'éblouissons par une pluie d'étiquettes, rien de plus.

Les mots sont des clous qui signifient joie ou tristesse, suivant que le chapeau qu'on y accroche est entouré d'un crêpe ou surmonté d'un panache rose.

Rappelez-vous ces vieilles divinités mexicaines : une bûche entaillée à droite, voilà le bon Dieu. La même bûche entaillée à gauche, voilà le Diable.

On n'a pas fait de progrès dans les symboles; les mots eux aussi sont des bûches, et suivant l'entaille dont on les marque, patrie veut dire égoïsme où dévouement, amour veut dire bonheur ou torture.

Étrange commerce que celui qui se pratique à l'aide d'une monnaie variable à l'infini et dont chaque individu établit arbitrairement la valeur !

Faut-il s'étonner si l'histoire de l'humanité n'est qu'un éternel malentendu, un immense et insoluble procès sur la valeur des termes et le sens des paroles !

La grande Babel est toujours en construction ; elle s'étale au lieu de monter dans les nues. Est-ce une tour ou bien un tombeau dans lequel le monde doit finir ? Qu'importe, c'est toujours Babel et l'humanité s'épuise à en gâcher le ciment.

La parole ne serait-elle pas un signe de dé-chéance et comme la trace de quelque éternel châtiment ?

XI

Je ne peux expliquer que par la malice de ce gouvernement de Jacobins, la prodigieuse quantité de papiers imprimés que je reçois chaque matin. On n'eût certainement pas souffert autrefois que le premier venu inondât ainsi les demeures honnêtes de libelles contraires à la morale et au bon sens.

Il est inouï qu'il n'y ait plus de murs assez épais et assez hauts pour protéger les personnes contre ces envahissements du charlatanisme, de la mauvaise foi, et que jusqu'au coin du feu on soit dans la foule.

Je ne sais quel aventurier s'obstine à me proposer, comme choses naturelles, des opérations financières tellement avantageuses que la rougeur m'en monte au front.

Un autre original a juré d'éclairer le château au gaz et d'y installer un calorifère d'une puissance extraordinaire.

J'ai répondu à ce dernier, en quelques mots forts secs, que mes bougies de cire avaient toujours suffi et suffisaient encore à mes besoins et que, d'autre part, j'entendais, jusqu'à ma dernière heure, brûler mon bois dans mes cheminées.

Cet industriel a pris ma verte réponse pour une invitation à entrer en relations et, ce matin même, il répond à mon *honorée du sept courant,* en me demandant le plan du château, puis, le nombre approximatif des mètres cubes à chauffer, et je ne sais quoi encore ; le tout dans un jargon de fumiste émancipé qui touche à l'impertinence.

Il est un autre citoyen qui met à mes pieds tous les produits de l'univers sans exception, et qui, grâce à une combinaison financière dont il

a le secret, me vendra toutes ces choses au-des-
sous de leur valeur. Ses étoffes, en particulier,
« dépassent comme bon marché ce que l'ima-
« gination peut rêver. »

Suis-je femme à rêver sur cet air-là et à accepter les cadeaux de gens qui ne m'ont même pas
été présentés ?

Quand j'ai besoin de jaconas ou de madapo-
lam, je le mande à ce digne Chevreux, qui,
depuis nombre d'années, sait mes goûts, et il
m'envoie sur l'heure ce qui me convient. Il me
fait payer cher, mais j'ai du bon. Et c'est ainsi
que je l'entends.

Parlerai-je d'un polisson qui a l'audace de
m'adresser un pli non cacheté où il m'offre des
onguents orientaux propres à faire naître l'em-
bonpoint ou à le supprimer, à mon choix ?

Eh bien, ces infamies pleuvent chez moi ;
c'est une obsession.

J'ai appris de la sorte qu'on n'a plus besoin
de poules pour avoir des poulets, de vignes pour
avoir du vin, de fortune pour être riche, d'honneur pour être honorable.

En quel champ de foire s'est donc transformé
le monde, pour qu'ici même on soit incommodé
par ces bruits ?

Dimanche, en allant à la messe, ne vois-je
pas sur le pilier de ma grille une pancarte énorme
et de couleur rouge où s'étale la proclamation
d'un vétérinaire qui aspire à devenir l'un des
nombreux cochers qui mènent le char de l'État ;
et, naturellement, il en demande aux chevaux
l'autorisation.

J'ai fait arrêter la voiture tout près de ce morceau et Julie est descendue pour me le lire à
haute voix.

Or, les vues politiques de ce garçon sont
extrêmement simples : pour commencer, il
supprime les impôts, ceux des boissons en
particulier ; mais dans un avenir très proche,
il considère comme indispensable à la marche
régulière des choses la suppression générale
de tout ce qui existe : Dieu, la famille et le
reste.

Et voilà comment les apothicaires pour chevaux entendent la santé publique.

15.

J'ai dit à Julie :

« Remonte bien vite en voiture, ma fille ;
« après cela, ne manquons pas la messe. »

XII

Le grand rosier blanc, qui monte jusqu'ici, se flétrit peu à peu ; mon balcon est jonché de feuilles jaunies, de pétales fanés, et quand la fenêtre est ouverte, le vent les pousse jusqu'à mes pieds avec ce parfum indéfinissable que l'on perçoit seulement à cette époque de l'année, et que j'aime tant, justement parce qu'il défie l'analyse et qu'on ne saurait dire son nom.

C'est l'heure des nuances délicates, des impressions douces et intimes. La campagne est comme une bonne mère féconde qui a rempli sa tâche et se repose en rêvant.

Et je passe de longues heures, étendue dans

ma bergère, les yeux fixés sur l'horizon, respi-
rant l'air attiédi, caressée par ce doux soleil
d'octobre qui ressemble à un adieu.

J'éprouve alors je ne sais quelle impression
de délivrance et de quiétude qui fait songer au
bien-être que ressent le voyageur fatigué lorsqu'il s'étend dans son lit.

J'ai fait du chemin, moi aussi; ma route a
été longue.

Et tandis que ce moi, qui n'est pas moi, se
repose béatement, inconscient et comme assoupi,
l'autre, devenu plus libre, s'envole à l'aventure
et rêve au loin, parmi les nuages.

Mais n'est-il pas singulier que l'automne, ce
moment de calme et d'apaisement où la nature
est si belle et semble si heureuse, soit dans la
vie des femmes une heure de crise et souvent de
torture?

Il est pourtant si simple de se soumettre à la
loi et de rentrer sous son toit lorsque sonne le
couvre-feu!

Vieillir n'est pas un problème difficile à ré-
soudre et qui demande un grand travail, puisque

la Providence nous présente l'acte et la plume, ne nous laissant que la peine de signer. Combien peu s'y soumettent cependant !

Les unes y voient un défi et entament la lutte avec fureur, ou bien, accablées du premier coup, se lamentent comme des incendiés sur les ruines de leur demeure. D'autres, plus habiles, vont au-devant, poudrent en blanc leurs cheveux, dissimulent leurs rides, disant à tout venant : « nous autres grand'mamans », pour qu'on leur réponde : « quelle plaisanterie » ! Certaines demandent à la maternité des succès qu'elles ne peuvent plus trouver ailleurs et jouent leur rôle de mère en brûlant les planches. Il en est enfin qui dénigrent, condamnent tout et se consolent de ne plus être heureuses en empêchant le bonheur d'autrui, à moins qu'elles ne se réfugient dans une dévotion sombre comme en un cabinet noir où l'on boude et « portent à Dieu leur amour comme une passion inutile à qui elles veulent donner de l'occupation ». C'est Saint-Évremont qui a dit cela; mais, craignant que ma citation ne fût pas

conforme au texte, je me suis fait descendre le
bon ami de Mademoiselle de L'Enclos. Et voyez,
mon cher, soit dit en passant, comme je suis
exactement vos conseils. Je ne dépasse plus la
seconde marche de mon échelle, quoiqu'elle
soit large, facile et recouverte d'un bon tapis
où le pied ne peut glisser. Je sonne Julie qui
fait un bibliothécaire très suffisant pour une
vieille liseuse de mon espèce. Je dis : 340,
deuxième rayon, et j'ai ce qu'il me faut, sans
crainte de me rompre les os.

J'ai donc relu cette jolie lettre *à une dame qui
veut devenir dévote*. Vous devez vous rappeler
vaguement? De toute façon, relisez comme je
viens de le faire ; cela est un bijou de malice,
d'observation, de bien dire.

« Profitez, Madame, de l'erreur des autres :
« et voulant aujourd'hui vous donner à Dieu,
« faites moins entrer dans votre dévotion ce
« que vous aimez que ce qui lui plaît. Si vous
« n'y prenez garde, votre cœur lui portera ses
« mouvements, au lieu de recevoir ses impres-
« sions ; et vous serez toute à vous, quand vous

« penserez être toute à lui ». Et plus loin :

« Leur pénitence ordinaire, à ce que j'ai pu
« observer, est moins un repentir de leurs
« péchés qu'un regret de leurs plaisirs : en quoi
« elles sont trompées elles-mêmes ; pleurant
« amoureusement ce qu'elles n'ont plus, quand
« elles croient pleurer saintement ce qu'elles
« ont fait. »

Il était épicurien, sans doute, ce raffiné des
trois coteaux, plus sévère pour le vice en général
que pour les vicieux en particulier... et il
l'avoue, le damné ! Sa morale manque de gravité, cela est sûr, sa sagesse est trop aimable, je
n'en disconviens pas ; j'ajoute qu'il me déplaît
fort, vers la fin, avec ses allures d'Anacréon
goutteux, s'endormant sur le doux oreiller de
l'indifférence et condamnant « toutes les viandes
noires, à l'exception de la bécassine, qui sera
sauvée », dit-il, « en faveur de son goût, avec
un léger préjudice pour la santé. » Je n'aime
pas tout cela, mais il y a autre chose : derrière
ce viveur ou dedans, si vous l'aimez mieux, il y
a un honnête homme de vieille et bonne trempe,

sincère, original, incapable de bassesse ; — ce serait un héros à l'heure qu'il est.

C'est lui qui a dit quelque part :

« Permettons aux misérables de s'expliquer à nous dans leurs besoins, puisque nous ne songeons pas à eux dans notre abondance. N'ayons pas honte de devoir ·à autrui la pensée d'une bonne action et laissons toutes les avenues libres à ceux qui nous conseillent de faire le bien. »

Pour un homme qui pardonne à la bécassine, en dépit du léger préjudice... ce n'est pas mal parler.

Ce qu'on peut dire, en somme, c'est qu'il est malheureusement fort rare de trouver une femme qui entre dans la vieillesse sans coup de tête ni désespoir, mais le sourire aux lèvres, au gré du courant, en acceptant comme naturels tous les petits renoncements qu'impose l'âge et sans même se douter qu'il peut y avoir là un sacrifice.

Le jour où une femme vraiment bonne se découvre un cheveu blanc, sa première pensée n'est pas de l'arracher mais d'embrasser sa fille.

Je vous disais, mon ami, que j'ai suivi vos conseils en ne montant plus à l'échelle pour quérir mes livres, mais ce que vous ne savez pas ce sont les améliorations de toute sorte que j'ai réalisées dans la bibliothèque. On a percé une porte qui ouvre sur la petite galerie, en sorte que de ma chambre je vais à la *librairie* sans faire le grand tour. Ce n'est pas tout : j'ai fait monter là ces beaux bustes qui étaient dans le cabinet du baron ; il y a partout des doubles fenêtres pour tenir l'hiver en respect ; les portes sont cachées sous ces vieilles tapisseries Louis XIV que vous me reprochiez de ne pas utiliser, et les dalles sont recouvertes d'un tapis rouge où l'on enfonce jusqu'à la cheville. Enfin un Italien du plus grand mérite a fait subir un traitement intérieur à cette cheminée qui, depuis Anne d'Autriche, ne *défumait* pas. — L'art du fumiste est en progrès, je me plais à le reconnaître, et, à l'heure qu'il est, Julie me fait de grandes flamblées claires et joyeuses qui, sans remplacer complètement le soleil, aident beaucoup à me faire supporter son absence.

Je suis un peu honteuse d'avouer toutes ces coquetteries. Il est bien tard, n'est-ce pas, pour décorer ma demeure avec tant de soins? mais, que voulez-vous, je deviens frileuse; je n'ai plus de force, et maintenant je suis sensible aux moindres embarras.

Je passe d'ailleurs des journées entières dans cette grande pièce toute pleine de jolies choses et de vieux amis. Je suis là dans un monde qui est bien à ma convenance. En hiver j'y fais ma petite promenade, j'y rends mes visites, allant de l'un à l'autre, feuilletant de ci de là et cueillant les souvenirs comme des pâquerettes pour faire mon bouquet quotidien.

Ce milieu me plaît si fort que, le soir venu, lorsque je suis toute seule ou que l'abbé vient me tenir compagnie, je dîne ou nous dînons là, sur une petite table, tout près du feu, derrière un paravent, et nous oublions la pluie qui tombe, le vent qui souffle et aussi nos rhumatismes qui minaudent toujours un peu, plus ou moins, par les temps humides.

A la lueur scintillante des bougies, rien de

plus réjouissant à l'œil que ces cadres, ces ten-
tures et tout ce fouillis charmant, parmi les livres
bien rangés.

— Quel est ce gros bouquin, ma cousine,
qui brille là-bas comme un soleil ?

— C'est le Montaigne in-folio, monsignor,
ne vous déplaise.

— Mais il me déplaît, ce sceptique, in-folio
ou non ; il me déplaît, baronne.

Et nous voilà partis à batailler.

Je remarque une chose, c'est que plus je vais
et plus je deviens partiale dans mes goûts litté-
raires : les productions nouvelles ne m'intéressent plus du tout et, sans Julie qui est pour les
rayons bien remplis, le plus grand nombre des
livres que je reçois resteraient dans la caisse où
ils sont venus.

Les jeunes gens se scandalisent lorsqu'un
vieillard leur dit en souriant :

« A mon âge, mes enfants, on ne lit plus ;
on relit. »

Ils se scandalisent, et pourtant ils verront, si Dieu leur prête vie, combien est humaine et touchante cette vérité-là.

Tant que l'homme s'accroît, il aspire autour de lui les sensations et les idées, comme fait une plante avide qui cherche sa nourriture; la faim le pousse, il dévore sans choix ni mesure; mais il ne faut pas croire que le vieillard ignore le prix de cette fringale intellectuelle et prendre son calme un peu mélancolique pour de l'indifférence ou du mépris.

Indifférents! non certes, nous ne le sommes pas. Ce qui nous enchante, tout au contraire et... nous rend un peu jaloux, belle jeunesse, c'est ta soif insatiable; c'est ton avidité folle; c'est ce don merveilleux qui te fait prendre pour la réalité même le mirage incessant de tes désirs; c'est ton ardeur à déguster la vie par avance et à lui prêter des saveurs qu'elle n'aura jamais; c'est ta sincérité à nier les obstacles auxquels tu te heurtes; c'est ta foi dans l'illusion qu'aucun déboire ne saurait amoindrir; c'est ta fougue à sauter les fossés où nous rampons, à rire au nez de l'évidence qui nous accable et à toujours croire que, demain, le monde t'appartiendra.

Nous regrettons, en un mot, ce que nous n'avons plus : nous regrettons le sourire de la bonne fée qui console, caresse et, par ses mensonges bienfaisants, voile ce qui est pour laisser voir seulement ce qui pourrait être.

La jeunesse a ses chagrins et ses souffrances. Eh, sans doute ! pas plus que l'âge mûr, elle ne possède le privilège d'emprisonner le bonheur à son profit; aussi, n'est-ce pas son impuissance à réaliser ses rêves que nous envions; c'est son ardeur à les concevoir.

Et comment pourrions-nous ne pas la regretter, cette soif de l'âme, puisque, à l'heure où nous la sentons s'éteindre, nous sentons aussi que notre vie va finir ?

Vivre c'est rêver, mon ami. Ce que nous appelons notre vie réelle n'est que le reflet bien pâle de notre existence imaginaire et nos actions ne sont que la cendre de nos rêves consumés.

C'est précisément parce que dans la vieillesse

on est impuissant à faire renaître en soi les ardeurs passées, qu'on en évoque si souvent le souvenir.

On relit pour se retrouver soi-même, comme font ces promeneurs qui reviennent toujours à l'allée silencieuse où leur cœur s'émut pour la première fois, et s'arrêtent à chaque pas, croyant entendre l'écho de leurs propres baisers.

Les jeunes gens ont leur triomphe et leur ivresse, mais ils ne connaissent pas la joie calme et pénétrante que l'on éprouve à revenir lentement sur ses pas, à refaire une route aimée, à retrouver dans l'herbe, dans l'air, jusque dans les buissons, les parcelles oubliées de son cœur et de son esprit.

Comme on est attentif alors et recueilli, et comme la tendresse d'un vieillard pour un livre de choix tourne aisément à la dévotion !

Rien n'est indifférent dans ce vieux confident des heures intimes : ce n'est pas seulement son

contenu que l'on aime et que l'on recherche;
c'est aussi son costume fané, les rides de sa
reliure; c'est un coup d'ongle sur sa marge
jaunie; c'est le signet décoloré, la coupe des
chapitres, la forme des lettres, tous les détails
enfin de sa personne qui sont autant de petits
sourires dont on est réchauffé.

Et puis, entre les lignes, que d'émotions en
réserve! Les souvenirs s'appellent, les impressions se réveillent, tout un coin du passé se
dévoile et, suivant la page ou le chapitre, on
revit les heures de son choix.

Ce sont là des petites joies silencieuses qui
ne sont pas sans valeur, alors que les autres
nous quittent une à une. La vieillesse nous
pousse lentement en un coin solitaire où nous
nous retrouvons seuls en compagnie de nous-
mêmes.

On ne peut pas se fuir toujours; si furieusement qu'on ait couru le monde, il faut enfin
dételer et rentrer dans sa cabane. Bienheureux
les vieillards qui de longue date ont su le rendre
hospitalier; ce refuge que l'on n'improvise pas;

heureux les vieillards qui sont avec eux-mêmes
en bonnes relations, qui s'estiment, se suffisent,
peuvent sans rougir fouiller dans leurs tiroirs
et feuilleter dans leur cœur.

Quoi qu'on fasse pour étouffer la voix de sa
conscience, tôt ou tard elle rend son arrêt et il
faut bien l'entendre.

Que ne fait-on pas pour éviter ce tribunal?
Que d'efforts, que de ruses pour ne pas subir ce
tête-à-tête que l'on appelle la solitude; si douce
pour certains, si terrible pour d'autres.

Voyez ces derniers comme ils s'élancent au
dehors, s'accrochent au bras des passants, serrent toutes les mains, non par amour des autres,
mais par dégoût de soi. S'ils courent à la foule,
c'est pour s'y perdre et dans l'espoir toujours
déçu de ne se jamais retrouver. Dans l'amitié ils
ne cherchent qu'un remède, dans le fracas du
monde qu'un calmant.

Ils s'agitent, croyant se reposer d'eux-mêmes

et leur vie se passe à se précipiter pour fuir leur ombre qui marche devant eux.

Or, ces affamés de popularité qui, ne pouvant jamais se posséder, s'abandonnent à tous, sont-ils du moins acceptés? Trouvent-ils dans le monde le soulagement qu'ils y cherchent, l'accueil qu'on leur fait est-il en raison des peines qu'ils se donnent? — En aucune façon : leur empressement qui sent la fièvre éloigne les voisins comme ferait une maladie. Leur importune tendresse étonne, puis effarouche et le vide se fait autour d'eux d'autant plus rapidement qu'ils ont mis plus d'ardeur à le vouloir combler.

Ils deviennent bien vite odieux, ceux qui sont dans vos bras avant qu'on les désire et vous enlacent sans qu'on l'ait demandé.

De même qu'on ne prête qu'aux riches, de même le monde n'accorde ses faveurs qu'à ceux qui peuvent s'en passer.

On n'est hospitalier que pour ceux qui ont une demeure confortable et qui l'aiment, car en sortant de chez eux pour visiter autrui, ils semblent faire un sacrifice dont on leur sait gré.

16

Ceux que le dégoût de leur gîte pousse à forcer les portes du voisin risquent fort de coucher à la belle étoile.

En un mot, cher ami, la première condition ce me semble, pour plaire à autrui, est de ne pas se déplaire à soi-même.

Il y a une consolation profonde à entendre la conscience parler haut et dominer les rumeurs du faubourg.

Que de douleurs et de misères s'allègent lorsqu'on peut les isoler, les peser avec sang-froid, loin du regard d'autrui qui irrite les plaies, et s'avouer qu'on les a méritées! C'est qu'alors ces douleurs ne sont plus doublées de ce sentiment d'amertume et de révolte que nous cause l'injustice, mais tout au contraire calmées par la constatation d'une souveraine équité.

On voit qu'on n'a pas été isolé dans l'univers, qu'on n'a pas été le jouet du hasard, qu'on a eu tort de maudire ou de désespérer, que tout se pondère, s'enchaîne, et qu'en un mot : Dieu est là.

De misère et de joie, chacun a la dose qui lui convient, dose nécessaire, inévitable, et s'il est une grandeur humaine, c'est de s'incliner sans murmurer devant la loi de Dieu.

On ne pense ainsi, je le sais, qu'à la fin de sa vie. S'acharner à la lutte, puiser des forces dans la passion, c'est la loi de l'existence ; mais, si chaude qu'ait été la journée, le calme se fait vers le soir et le moment arrive où, fatigué du combat, l'homme se réfugie au plus pur de son âme et regarde avec calme la mêlée dont il est sorti.

La faiblesse physique qui augmente, les passions qui se calment, les grands désirs et les grandes illusions qui s'éteignent, tout concourt à rendre aisé ce dépouillement du moi extérieur. Bientôt, la raison dégagée se fait plus libre. Au milieu du silence, les moindres murmures de la conscience deviennent perceptibles et les mirages rendent en s'évaporant le dernier regard plus lucide et plus étendu.

Que d'aveux alors on se fait à voix basse,

que de retours, que de remords, parfois! Ceux
que l'on a connus apparaissent; leur âme se
dévoile et il semble que pour la première fois
on les pénètre et on les comprenne. Avait-on le
droit de les juger si sévèrement? En vérité,
a-t-on mieux fait qu'ils n'ont fait eux-mêmes?
N'a-t-on pas failli aux mêmes obstacles, ne s'est-
on pas déchiré aux mêmes ronces? Pauvres
morts, comme on les aime, lorsque s'approche
l'heure d'aller les rejoindre !

Oui, tant que le soleil est haut, que le chemin se déroule au loin, nous rions de nos
erreurs; il sera si facile de les réparer le lendemain! Et les lendemains se succèdent avec
une rapidité dont on n'a conscience qu'au moment où tout va finir.

La vie est donc terminée! N'est-ce que cela?

— Eh, retourne-toi, mon brave homme. L'horizon est toujours immense, seulement tu lui
tournes le dos au lieu de lui faire face. A qui la
faute, si tes souvenirs ne sont pas l'écho de tes
espérances, si ce que tu as fait n'est point en
rapport avec ce que tu aurais dû faire?

XIII

Je viens d'avoir la visite fort inattendue de
cet étrange vétérinaire qui sera demain notre
député. Comment ce Méridional s'est-il introduit chez moi ? — Je ne saurais le dire; avant
même que je fusse prévenue, il était là, saluant,
souriant, épanoui et parlant avec une abondance
qui tient du prodige.

J'ai vu tout de suite qu'il n'y avait rien à faire
et j'ai regardé la pendule uniquement pour constater l'étendue de l'accident.

Son but n'était pas de me demander ma voix,
puisque les femmes ne votent pas encore...
quoiqu'on en parle beaucoup — la plaisanterie

16.

est de lui. — Il venait simplement mettre ses hommages à mes pieds, m'ouvrir son cœur et gagner mon estime ; pas davantage.

D'ailleurs il a toujours été méconnu, calomnié, poursuivi par la haine jalouse qui s'attaque aux hommes vraiment supérieurs. Est-ce sa faute à lui s'il est au-dessus des autres ?

A le bien prendre, il ne peut expliquer sa condition d'humble vétérinaire que par un malentendu déplorable de la Providence ; il y a eu erreur au jour de sa naissance et il s'est trouvé niché dans la rotonde alors qu'on avait retenu pour lui le meilleur coin du coupé ; de sorte qu'il proteste : c'est son droit, c'est son devoir.

A l'heure qu'il est, ses ennemis, qu'il ne veut pas nommer, voudraient le faire passer pour un démagogue de la pire espèce, pour un homme de parti... « Ah ! s'il était assez misérable pour être l'homme d'un parti il se couperait la main droite, madame la baronne. »

Pourquoi se présente-t-il à la députation ? Parce qu'il a sa conscience — tout comme Jeanne d'Arc avait ses voix, — c'est que la

France souffre cruellement, c'est qu'au milieu de l'affaissement général des caractères, les gens de cœur doivent agir sans distinction de caste : « Arrachons la patrie des mains de l'intrigue et de l'égoïsme, madame la baronne; *sursum corda !* »

Telles sont les idées mâles, patriotiques, qui lui ont été inculquées dès l'enfance par son respectable père dont l'intégrité est proverbiale dans tout le Médoc et, à ce propos, il m'a... il m'a proposé des vins de table absolument purs, d'une digestion facile et d'un bouquet délicieux.

Sursum corda !

Pendant bien longtemps, j'ai été prise de compassion pour ces malheureux qui se plaignent toujours. Mais je commence à être moins naïve et j'entrevois que la spécialité de ces gens est extrêmement lucrative.

Les mécontents sont les élus de la société moderne. Une réclamation qui s'obstine et amasse le monde autour d'elle fait toujours supposer un droit méconnu qui, avec le temps, devient un titre. Se plaindre de ne pas être compris, alors qu'on ne se comprend pas soi-même, est un moyen presque infaillible de passer pour un homme profond. Le dédain de son état et de celui des autres a un faux air de distinction qui passe aisément pour de la noblesse, et le plus souvent tient lieu de vertu. Que de carrières et des plus brillantes sont le fruit d'un mécontentement sans cause, mais opiniâtre et localisé. Être honnête homme ne sert plus à rien dans le monde, mais nier l'honnêteté des autres mène à tout, le ciel excepté.

Que sert de tenter de grandes choses, alors qu'il est plus glorieux de mordre les jambes d'un héros que d'être un héros soi-même?

Pourquoi construire un bel édifice si l'incendiaire qui y met le feu est plus honoré que l'architecte qui l'a construit? Pourquoi faire un beau livre, alors que les rats qui le rongent sont plus estimés que l'écrivain qui l'a conçu?

Quand on y songe, mon ami, ces étrangetés

sont bien naturelles, car enfin, si le monde n'est pas dans la main de Dieu et n'obéit pas à des lois souverainement justes, si en un mot les inégalités sociales ne sont pas nécessaires et providentielles, elles deviennent iniques et alors toute supériorité est une monstruosité révoltante : Le facteur qui marche tant est une insulte vivante au cul-de-jatte qui ne peut se mouvoir ; l'esprit, une insulte à la bêtise ; le courage, une insulte à la lâcheté ; le blé luimême qui se balance au soleil n'est-il pas d'un orgueil insoutenable pour la pauvre herbe qui le regarde d'en bas ?

Donc, rien de plus logique : que l'herbe étouffe le froment, que l'imbécile se venge, que le cul-de-jatte dévore le facteur... que le vétérinaire devienne homme d'État.

En ce monde, pourtant, chacun a sa place. Trône, fauteuil ou tabouret : les sièges ne manquent pas ; malheureusement le nom des gens n'est pas inscrit sur le dossier et l'on n'a ni la patience ni la simplicité de chercher un peu son numéro. Aussi ne voit-on qu'affolés ignorant leur mesure, se ruant aux premières, s'étouffant dans le même fauteuil et troublant le spectacle, au lieu d'aller s'asseoir modestement sur le petit strapontin qui les attend dans un coin.

L'inégalité qui vous révolte n'est-elle pas la cause unique de vos désirs et de vos espérances, n'est-ce pas le mouvement, la vie, la raison d'être de ce monde?

Ne maudissons pas la main de Dieu, alors même qu'elle nous paraît lourde, car c'est à la mesure de notre faiblesse et de notre ignorance que nous jugeons son poids. De ce que le malheur nous frappe sans nous dire ses raisons, s'en suit-il qu'il frappe arbitrairement? Les misères humaines ne prouvent qu'une chose, c'est que la balance divine n'est pas semblable à la nôtre.

Avouons au moins que nous devons à l'infortune le plus cher de nos rêves : celui du bonheur; car un sourire n'est qu'une larme qui sèche; la joie n'est qu'un chagrin qui se calme.

Se plaindre, se plaindre toujours... Eh, mon

Dieu, que la Lune ne se plaint-elle aussi d'errer encore autour de cette terre qui l'attire depuis si longtemps et qu'elle ne peut atteindre ? Que ne rêve-t-elle le repos éternel ainsi que nous rêvons l'égalité ?

Dieu m'a fait la grâce de me rendre par nature assez étrangère à la maladie du mécontentement. Je m'indigne, je m'emporte, je fais tapage, il est vrai ; c'est ma santé ; mais au fond, dans l'intimité de moi-même, ce qui s'appelle à huis clos, c'est autre chose.

Je ne suis pas du tout comme cette bonne La Ferté qui disait à Madame de Staël : « Il faut l'avouer, chère amie, je ne trouve que moi qui aie toujours raison. »

Je suis absolument le contraire de la duchesse de La Ferté et, si je ne me retenais pas, je me donnerais tort au point de devenir ridicule à mes propres yeux. Tout en faisant mon examen de conscience, je murmure quelquefois : « le bon Dieu va croire que je radote, en vérité. »

Plaisanterie à part, chaque fois que j'ai éprouvé un chagrin, j'ai tâché de le supporter sans maudire personne et j'y suis presque toujours arrivée. Je me disais simplement : « ma bonne femme, tu payes en ce moment un bonheur passé ou un bonheur à venir, fais silence et incline-toi. »

Ce n'est pas vertu de ma part, mais bien aisance naturelle de l'estomac et gaîté des esprits animaux, comme dirait Ferou ou son ami Purgon. J'ai toujours eu un sentiment profond de l'équilibre moral qui existe entre les plaisirs et les peines, et maintenant qu'en vieillissant je suis devenue craintive et faible, une grande félicité me fait peur autant et plus qu'une grande infortune.

On sait si bien, à mon âge, que la joie qui sèche trop vite les larmes est comme le soleil du matin qui, en pompant la rosée, prépare les nuages pour plus tard! On ne s'abandonne plus aux séductions de l'heure présente et l'on fait comme l'homme d'autrefois qui laissait « entrebâillée sa porte pour que le bonheur, en s'échappant, ne renversât pas la maison. »

Ce n'est pas tout. Les gros vacarmes qui se prolongent passent bientôt inaperçus, demandez aux meuniers. De même, on devient indifférent aux grosses prospérités qui s'attardent; elles se décolorent bien vite, paraissent monotones, et l'on se surprend à souhaiter la pluie. Que de richards enviés de tous qui n'ont plus qu'un plaisir : celui de se rappeler le temps où ils ciraient leurs bottes eux-mêmes! et ils n'osent l'avouer, ce qui augmente leur supplice. Les petites satisfactions m'inspirent beaucoup plus de confiance que les grosses; ce n'est qu'en ramassant soigneusement les miettes du bonheur que l'on arrive à être heureux.

Quel est donc ce pauvre diable qui s'était créé une honnête aisance en demandant une prise à tous ceux qui sortaient du marchand de tabac? Ce mendiant était un sage.

Dans tous les événements qui passent, cherchons une parcelle de contentement si cela est possible. Ne laissons rien perdre, passons nos

17

cendres au tamis, comme font les horlogers
après avoir balayé leur boutique; de tous ces
petits riens précieux, faisons-nous, comme le
pauvre diable, une honnête aisance et sachons
nous en contenter.

Le plus souvent, on cherche son bonheur
comme on cherche ses lunettes lorsqu'on les a
sur le nez.

— Tu es heureux, mon brave homme, que
te faut-il de plus?

— Le serais-je, en effet? Vous m'étonnez :
j'attendais quelque chose de beaucoup mieux.

— Tu attendais un lingot d'or à enfermer
dans un coffre-fort et tu n'as qu'une poussière
dorée qui te glisse entre les doigts. Tu voulais
être dieu sans cesser d'être homme; tu rêvais
l'impossible, mon bon ami.

Les véritables joies de ce monde ne sautent
pas aux yeux : il faut les gratter, les laver avec
attention. Cailloux pour l'affairé qui passe; diamants pour le chercheur modeste qui ne rêve
pas l'impossible et prend son temps. Et, après
tout, cette nécessité de mettre la main à la pâte

est la plus précieuse des obligations, car le plaisir est en raison directe de la peine et du soin que l'on a pris dans sa recherche.

Il n'y a rien ici-bas qui soit complet, absolu; tout y est relatif. Que serait ce que l'on appelle le bonheur si l'on supprimait le souvenir des épreuves passées, la crainte des peines à venir; si l'on supprimait aussi, il faut bien le dire, la vue des infortunes d'autrui? Non pas que la souffrance des autres suffise à nous rendre heureux, mais il y a une jouissance instinctive à constater que l'infortune nous entoure sans nous atteindre, nous menace sans nous toucher. Jouissance d'autant plus douce que la compassion vient la raffiner en s'y mêlant.

La pitié qui nous pousse à analyser les misères d'autrui nous fait mieux sentir que nous sommes épargnés. S'il y a là un sentiment égoïste, il ne faut pas trop s'en plaindre, car la compassion n'est réelle et efficace qu'à la condition d'être une jouissance.

On peut dire aussi que la bonne humeur est contagieuse comme la tristesse; que la santé se gagne comme la maladie, et je crois qu'un vieillard qui meurt content après avoir vécu content a, par cela même, prêché le plus beau sermon du monde.

Si l'on pouvait enseigner aux hommes à être heureux, tout comme on leur apprend à ne pas l'être, c'est par l'exemple qu'on y arriverait; mais, si riche que soit l'Université en hommes remarquables, où trouver le professeur capable de dire avec éloquence et conviction :

« Messieurs, si vous voulez connaître l'absolue félicité, imitez-moi. » Hélas, le titulaire de ce cours supérieur aurait-il ignoré les soucis et les peines jusqu'au jour de sa nomination, qu'il perdrait instantanément cette virginité précieuse en montant en chaire, et devant l'insondable difficulté de définir nettement le sujet de son cours, on le verrait s'arracher les cheveux... ce qui serait déplorable chez un professeur de bonheur pratique.

La félicité humaine consistant à posséder ce qu'on n'a pas, et d'autre part, la possession n'étant qu'un rêve qui varie suivant l'heure et l'individu, il devient bien difficile de s'entendre, même théoriquement, sur le sens d'un mot auquel rien d'humain ne correspond.

Ce que j'ai remarqué, c'est que la première condition pour être ici-bas ce qu'on appelle heureux, est de ne pas croire au bonheur en ce monde.

XIV

La mélancolie ressemble à la convalescence,
qui nous délivre des soucis du monde et nous
permet d'accepter sans scrupule mille petits soins
que nous ne rendons jamais.

C'est la situation de gens souffrants qui ne
souffrent pas, qui même n'ont pas souffert, mais
pourraient bien souffrir un jour et prennent
plaisir à détailler d'avance les nuances de ce malaise imaginaire qui leur fait mieux sentir les
bienfaits de la santé.

La mélancolie n'est pas de la tristesse; ou, si
vous le voulez, c'est une tristesse souriante; à

moins que ce ne soit une joie qui a envie de pleurer.

Comme tous les mets compliqués où la saveur des nuances joue le grand rôle, ce sentiment a des harmonies indécises, des délicatesses mourantes, des quarts de ton imprévus et à peine perceptibles qui font frissonner les gourmets.

Il faut avoir du loisir et peu d'appétit, cela est certain, mais en même temps une bien grande finesse pour faire un mélancolique présentable. En somme, cette maladie-là — si c'en est une, — ne s'attaque qu'aux délicats, de même que la guêpe pique seulement les fruits sucrés.

Les mélancoliques sont tellement exclusifs dans leur goût pour les demi-teintes fugitives, que les notes pleines, franches et passionnées, ne leur semblent plus être de la musique, mais de simples bruits qui les blessent, et ils fuient ces grossièretés comme un *dilettante* fuit un cornet à piston de banlieue.

De même que leur joie ne va jamais au delà du sourire, la larme de leur œil, ainsi qu'une perle montée dans l'or, menace toujours et ne tombe jamais. Les passions leur sont étrangères et l'on dirait que le chagrin ne peut les atteindre.

Ce n'est pas qu'ils aient sur eux-mêmes un empire supérieur, une force d'âme inconnue aux autres mortels; ce n'est pas non plus qu'ils soient insensibles, mais leur émotion se dépensant incessamment en petits frissons intimes, ils se trouvent à sec dans les grandes circonstances, et si fortement que le sort les presse, il n'obtiendra jamais de leur cœur que le suintement accoutumé.

Leur compassion pour autrui ressemble à cette petite promenade hygiénique qui précède le repas et donne du fil à l'appétit.

Ils regardent les misères des autres comme on consulte le thermomètre suspendu au balcon, afin de constater qu'on est à l'abri d'un grand froid et avoir un prétexte pour faire mettre une bûche au feu.

Ainsi que le roseau qui frissonne au moindre souffle, mais reste immobile et couché sous la bourrasque, ils ne seront jamais brisés par le grand vent. Étant souples et minces, ils n'offrent pas de prise au malheur, et s'ils fuient la tempête, c'est seulement à cause du vacarme qui gêne leur tranquillité. Aussi, dès que le ciel devient noir, ils rentrent sans se presser dans leur petit moi et c'est dans ce boudoir capitonné comme un nid de fauvette que, confortablement assis près de la fenêtre, l'œil humide mais le corps au sec, ils regardent avec une curiosité douce et sympathique la foule qui patauge en se bousculant.

Il est constant qu'il y a en eux une dose marquée d'égoïsme. Se livrer à la mélancolie, c'est, après tout, s'oublier devant son miroir. Ces gens-là sont incapables de se dévouer pour les autres, je le crains, mais quelle sensibilité d'épiderme, quelle finesse de tact! Amis détestables, assurément, mais que d'heures charmantes passées en leur compagnie, s'ils veulent bien se laisser feuilleter.

Je dis cela à propos d'une certaine personne qui est en moi et que j'ai la faiblesse d'écouter de temps en temps.

17.

Une certaine espèce de mélancoliques pour laquelle j'avais autrefois peu de sympathie, est celle des hésitants et des découragés. Je les considérais comme des infirmes très dignes de pitié, mais rien de plus.

Mes idées ont beaucoup changé sur ce sujet comme sur une foule d'autres. Si l'on faisait l'inventaire exact de son cœur et de son esprit tous les dix ans, on éprouverait d'étranges surprises en comparant entre elles ces pièces justificatives.

Maintenant que tout le monde croit devoir et pouvoir arriver à tout, et que personne ne doute plus de rien, j'ai un sourire bienveillant pour les rares timides qui doutent un peu d'eux-mêmes.

Avoir le sentiment de son imperfection est sûrement un grand obstacle dans la vie, mais ne prouve nullement qu'on soit un être inférieur.

Reconnaître son impuissance à atteindre un certain idéal, le reconnaître sans colère, sans révolte, sans désespoir, c'est prouver d'abord qu'on a l'âme assez belle pour placer haut son but; puis l'esprit assez fin, la raison assez sûre pour se juger sans faiblesse; enfin le cœur assez ferme pour étouffer ses propres plaintes et rester calme dans sa défaite. Sont-ce là les vertus de tout le monde?

Il faut de la dignité et un certain courage pour s'avouer simplement que l'on n'a pas pu et ne maudire personne.

Ce n'est pas toujours par orgueil ou par adresse que les hommes se refusent à confesser leur faiblesse; c'est le plus souvent parce qu'ils l'ignorent. Les faits sont là, cependant, mais qu'importe; quand on plaide avec soi-même, l'évidence ne prouve jamais grand'chose, et, presque toujours, perd son procès.

Je me suis demandé maintes fois si le fameux renard de La Fontaine, qui trouvait trop verts les raisins haut perchés, n'était pas, dans son dédain, plus naïf et sincère qu'on ne le croit. Pour être renard, on n'en est pas moins homme, et avant de se dire: j'ai le bras trop court, on se demande si on l'a allongé autant qu'il pouvait l'être, si on

a usé de toute son énergie, mis **en** œuvre toute
sa volonté ; si enfin ce but, magnifique en apparence, méritait en réalité un aussi grand effort.
« En somme, si j'avais cru sincèrement qu'il en
fût digne, ajoute-t-on, si l'illusion avait été complète pour moi, je me serais efforcé avec plus
d'ardeur, car enfin, si j'avais voulu, ce qui s'appelle vouloir, si... » Quel enchanteur il fait, ce
merveilleux si !

C'est lui qui, en nous trompant, nous console
toujours, car ses mystifications sont autant de
caresses ; lui qui, sans cesse en éveil, nous ouvre
la porte secrète par où nous nous dérobons au
moment où la réalité va mettre la main sur nous ;
c'est lui qui nous berce avec des chansons et
nous calme, à la façon des nourrices, en battant
la pierre qui nous a fait choir ; lui qui efface
chacune de nos défaites en la doublant d'un
triomphe imaginaire, et nous console d'avoir été
vaincus par la seule pensée que nous aurions pu
ne pas l'être. C'est le plus habile des avocats, le
plus éblouissant des sorciers ; il ment à coup
sûr, le misérable, mais il ment furieusement

bien et nous sommes presque toujours sincères en répétant ses mensonges.

Que de gens passent pour dupeurs qui, simplement, sont dupes d'eux-mêmes !

XV

La fille aînée de mon fils René, ma petite-fille Jeanne, qui m'a bombardée bisaïeule il y a quelques mois, en devenant mère à son tour, est véritablement grisée par la possession de son trésor, un peu trop même, à mon goût. Elle dit mon enfant comme d'autres disent mon mur. Cette petite gloutonne entend conserver pour elle seule le monopole des tendresses et des effusions, et si elle permet qu'on admire son chef-d'œuvre, il faut du moins que l'on n'y touche pas.

Je sais bien que l'amour maternel a, comme toutes les passions, ses grandeurs et ses petitesses, mais il me semble que nous mettions autrefois une certaine dignité à ne pas trop laisser voir les mesquineries de notre cœur; nous conservions un certain décorum maternel; et lorsqu'on s'approchait de notre enfant, nous n'avions pas ces allures de caniche en train de ronger un os.

Une des préoccupations de ma petite-fille est que la nourrice de son enfant soit pour tout le monde une sorte de vache laitière incapable d'attachement, quelque chose comme un biberon animé, elle l'a voulue laide à faire peur et bête au delà de toute vraisemblance. Ferou, qui a mis beaucoup de dévouement dans la recherche de cet oiseau rare, a eu la main heureuse, il a trouvé dans le genre qu'on souhaitait une véritable merveille. Mais ce n'est pas tout : il faut que l'infériorité de cette créature, comme dit Jeanne, n'échappe à personne, que son état de domesticité soit apparent et que son uniforme de nourrice saute aux yeux.

La femme de chambre use les robes de sa maîtresse et, à certaines heures, peut être prise pour une bourgeoise, mais soyez sûre que la nourrice n'héritera pas des vêtements de ma petite-fille et n'aura jamais l'air d'être la mère de son nourrisson.

Je dois dire d'ailleurs que si on m'a souvent vanté le lait d'une nourrice, bien rarement on m'a fait l'éloge de son cœur. En lui payant son lait... au litre, pour ainsi dire, mais généreusement, on entend être quitte de tout le reste, et l'on serait très désagréablement surpris si cette femme à gages se permettait tout à coup d'être tendre et désintéressée.

C'est justement à cause de sa demi-sauvagerie et parce qu'elle n'est qu'un instrument qu'on lui confie son enfant.

Supposons qu'une parente, une amie, eût, dans un élan de son cœur, proposé à Jeanne d'allaiter son nouvau-né : ma petite-fille eût très certainement repoussé cette offre avec indignation. Vainement on lui eût fait remarquer que cette parente dévouée et supérieure à la paysanne de toutes les façons, aurait pour l'enfant des soins presque maternels : ces avantages eussent augmenté son irritation, et elle eût bel et bien mis à la porte cette parente ou cette amie,

comme on chasse une rivale qui veut vous dépouiller.

Ce qui t'inquiète en somme, petite jalouse,
c'est qu'on ait pour ton enfant des tendresses
intimes et maternelles. Ce que tu crains, c'est
qu'en l'aimant trop librement, on ait l'air d'user
d'un droit au lieu de profiter d'une tolérance.

Tu as en horreur ces malappris au cœur sensible, qui s'emparent de ton bébé avec une sorte
de gourmandise, en lui disant : « Viens, mon
amour », qui le serrent dans leurs deux bras
comme s'il était à eux, et le dévorent de baisers
sous prétexte qu'ils en raffolent.

Tu n'aimes pas non plus qu'on dévisage ton
chef-d'œuvre — Dirait-on pas qu'il est à ven-
dre ? — qu'on énumère avec une sotte persistance ses nombreuses perfections, de peur qu'en
l'analysant de la sorte, on ne signale, par erreur,
quelque mince défaut.

Tu le voudrais dans une vitrine dont toi seule
aurais la clef; voilà, n'est-ce pas cela ?

Il te semble que tous ces affectueux indiscrets
fouillent dans tes tiroirs. Ils ne voleront rien,

sûrement, mais enfin ils fouillent, et **cela te** révolte.

En revanche, tu as un faible pour l'ami déli-cat qui sait mettre des mitaines, comme on dit, pour caresser le chérubin, qui ne le touche qu'avec les précautions coquettes et presque respectueuses d'un amateur retournant un verre de Venise.

Tu es flattée s'il ne tutoie pas d'abord ton enfant, à la façon des oncles de province, et se tient à distance avec une nuance de courtoisie. Ne peut-il résister aux tentations d'un baiser, cet ami discret? — Eh, mon Dieu, qu'il embrasse! mais que ce soit sur le front ou bien encore sur la petite main rose et qu'avant tout il en ait demandé l'agrément, ne serait-ce que par un regard.

Est-il donc si malaisé de comprendre que cet enfant fait encore partie de toi-même, et qu'en l'embrassant sans précaution, on risque fort de te manquer de respect...

Elle est d'ailleurs bien gentille, ma chère petite Jeanne, et je l'aime de tout mon cœur. Elle me

dit, il est vrai, quatre ou cinq fois par jour, lorsqu'elle est ici :

« Grand'mère, vous n'y entendez rien. »

Et si je m'oubliais jusqu'à lui donner un conseil, il se passerait des choses épouvantables...

Il n'y a pas fort longtemps que je l'aurais
fouettée de ma blanche main, la chère mignonne ;
mais je suis fort adoucie, maintenant.

Que voulez-vous, ma petite-fille est de son
temps... elle a ses façons ; j'eus les miennes.....
et cependant...

Voici onze heures qui sonnent : je bouche
mon encrier. Pauvre vieille pendule, comme
j'aime ta voix d'or et de cristal résonnant au
milieu de la nuit ! Que de souvenirs me rappellent tes ondulations mourantes qui vont s'éteindre dans le passé et comme tu me laisses seule
en te taisant. Depuis deux grands siècles que tu
chemines, voyageuse impassible, que n'as-tu pas
vu sans t'émouvoir !

Tristes ou gaies, enivrantes ou terribles, les
heures une à une tombent dans l'éternité. Dieu
veille et ne dit pas ses secrets.

Par ce temps d'indépendance, la maternité est une promotion subite qui grise un peu les petites femmes de maintenant, et cela se comprend jusqu'à un certain point.

En se mariant, on monte en grade il est vrai, mais ce n'est là qu'un premier pas dans la carrière et l'émancipation qui en résulte est plus apparente que réelle, car on n'échappe à l'autorité maternelle que pour subir celle de son mari.

C'est là une douce chaîne que l'on chérit à coup sûr, comme dit la romance, mais enfin, c'est une chaîne.

La femme est peu de chose, en somme, sans son compagnon ; elle s'élève à la façon du lierre, et, quoi qu'on en puisse dire, sa hauteur se mesure à celle de l'homme auquel elle s'attache.

L'épouse la meilleure et la plus favorisée n'est pour tout le monde qu'une confidente qui donne la réplique, un accessoire plus ou moins précieux. Suivant l'expression de je ne sais plus qui, elle emplit les intervalles de la conversation et de la vie, comme ces duvets qu'on introduit dans les caisses de porcelaines. Tant que l'épouse n'a pas d'enfant, elle n'est que la maîtresse légitime de son mari, rien de plus, et elle n'arrive à son complet épanouissement de femme que le jour où elle devient mère.

Alors seulement sa personnalité s'accuse ; elle sent qu'en dehors de son mari elle a des droits et des privilèges qui, en lui assurant une autorité nouvelle, la rehaussent et la transforment. C'est une seconde vie qui s'ouvre devant elle, et tout ce qui l'a précédée n'en a été que le prélude.

Dans cette métamorphose, ce qui la touche particulièrement, c'est d'être enfin l'égale de sa mère ; c'est d'être initiée aux mêmes mystères, d'être entrée dans cette communauté de la maternité qui fait toutes les femmes sœurs des mêmes douleurs et des mêmes joies. La chère enfant est comme ces conscrits qui, le jour où ils ont vu le feu, marchent du même pas que leur vieux sergent et croient en savoir autant que lui.

Éblouie par sa dignité de fraîche date, la petite parvenue n'a plus le loisir de songer aux liens et

aux devoirs d'autrefois, et si par hasard ses souvenirs d'enfance et de jeunesse lui reviennent à
l'esprit, elle en est un peu gênée. Le pauvre
passé n'est plus pour elle qu'un enfantillage, un
prologue incolore, et, tout naturellement, elle
oublie qu'elle est encore fille. Persuadée que
son instinct et sa tendresse maternels doivent
remplacer avantageusement l'expérience d'une
longue vie, elle tente auprès de son enfant des
systèmes hygiéniques nouveaux et généralement
importés d'Angleterre ; ce ne sont que recettes
toutes neuves et infaillibles, quoiqu'elle en change
assez souvent.

En y regardant de près, les divers programmes
d'éducation qu'elle exhibe et qui semblent lui
tomber du ciel, sont simplement des protesta-
tions inconscientes contre l'éducation qu'elle-
même a reçue.

Sous ce rapport, ma petite-fille Jeanne a des
fantaisies d'indépendance bien extraordinaires. Je
la laisse faire et ne dis rien, bien entendu, mais
le plus singulier est que mon silence ne lui suffit
pas ; c'est mon approbation qu'elle veut ; et

elle s'échauffe pour me prouver que de mon temps on élevait les enfants en dépit du bon sens, que moi-même j'aurais dû mourir à six mois, victime des préjugés d'alors.

— Sans doute, mignonne, sans doute; j'aurais dû mourir à six mois, mais j'ai quatre-vingts ans.

— Grand'maman, cela ne prouve rien; j'ai raison théoriquement.

— Pratiquement, je n'ai pas tort non plus, ma fillette.

XVI

Si la crainte de la pluie ne vous avait pas fait
fuir en me coupant la parole de la plus incon-
venante façon, nous aurions achevé la conversation bien tranquillement et l'averse ne vous eût
pas surpris en plein champ comme elle a dû le
faire, mon cher cousin.

Il ne s'agit pas de lancer une phrase en tournant le dos à l'instar des Parthes et de s'écrier :
« Au surplus, beaucoup de gens d'esprit n'ont
pas le sens commun. »

Vous vouliez dire, sans doute, que beaucoup
de gens réputés spirituels sont des imbéciles

méconnus. C'est une observation qui n'est pas neuve, mais qui est juste.

Il y a mille moyens d'être sot, en effet, — de sorte qu'il ne faut pas se décourager lorsqu'on n'y arrive pas du premier coup, — mais de tous ces moyens, le plus sûr est de vouloir montrer plus d'esprit qu'on n'en a.

Nous devons être du même avis. Faites-moi seulement la grâce de m'expliquer ce que vous entendez par le mot sens « commun ». Quelle acception mystérieuse lui prêtez-vous donc? Le sens commun, par hasard, serait-il pour vous le synonyme de sagesse? Serait-ce vraiment le bâton de maréchal des hommes intelligents; quelque chose comme un reflet de la justice divine?...

N'offensons pas Dieu et n'attristons pas la grammaire :

A parler proprement, sens commun veut dire opinion publique; c'est le suffrage universel tout craché. Aristide le Juste n'avait pas le sens commun; Galilée non plus, Jésus-Christ pas davantage. Mais, en revanche, le joli bouquet d'ivro-

18

gnes et de braconniers qui compose votre conseil municipal, cher ami, le possède souverainement. Que dis-je! c'est le sens commun lui-
même en douze personnes. Plus je vieillis et
plus je me fais l'amie de cette vieille réaction-
naire qu'on appelle la grammaire. Personne plus
qu'elle n'a l'esprit fin et profond. Demandez-lui
son opinion sur le mot « commun » qui nous
occupe :

Peu d'adjectifs, vous répondra-elle, peuvent
se vanter d'avoir des origines aussi pures : com-
munion, communauté... sentiment commun à
plusieurs personnes... Ne dirait-on pas que la
charité et la fraternité elles-mêmes sont les
marraines de ce mot touchant. Mais voyez :
l'idée de partage et de division se généralisant,
ce qui appartient à beaucoup de gens à la fois
n'est plus rare, cesse d'être précieux; et une
chose est commune lorsqu'on la rencontre fré-
quemment.

Maintenant, que les copropriétaires augmentent en nombre, jusqu'à devenir une foule : le
mot commun, obéissant à toutes ces nuances,

n'est bientôt plus que le synonyme de trivial et de bas.

La bonne grammaire n'y met ni complaisance ni malice; elle enregistre un enchaînement logique de faits; elle constate une loi.

Le bien et le beau sont, en effet, des fleurs rares qui ne pullulent pas dans les prés comme le chiendent et le pissenlit, mais poussent exceptionnellement sur les sommets; et si, par artifice, on veut les acclimater dans la plaine, elles cessent d'être fleurs et se transforment en herbe.

S'imaginer que la foule est le dépositaire du code qui la régit, supposer que la sagesse souveraine est une propriété inhérente à cette foule et que chacun de ses membres en possède une parcelle; prendre les rumeurs de la masse pour des révélations d'en haut, ses inquiétudes, ses tempêtes, ses folies pour autant de volontés saintes, c'est vraiment pousser bien loin la plaisanterie.

Il est vrai qu'une plaisanterie ne peut être prise au sérieux qu'à la condition d'être poussée trop loin, et ce n'est qu'au moment où elle tombe

dans. l'absurde qu'elle a quelque chance d'être
goûtée, le public ne croyant qu'aux choses qu'il
ne comprend plus, n'admirant que ce qui l'é-
tonne, ne digérant que les pavés.

Le plus singulier, c'est que le jour où les
braves gens qui avaient cru aux vertus innées de
ce gros personnage, — j'entends le public, —
constatèrent qu'ils s'étaient trompés du tout au
tout; ne sachant plus que faire de leur monstre,
ils le proclamèrent Dieu.

Le vicomte de Chateaubriand disait un jour :
« Lorsqu'on ne peut plus effacer ses erreurs,
« on les divinise; on fait un dogme de ses torts,
« on change en religion des sacrilèges et l'on se
« croirait apostat de renoncer au culte de ses
« iniquités. »

Et voilà pourquoi nous avons maintenant le
Dieu tout le monde, trônant au cabaret parmi les
bouteilles et disant sa messe lui-même, sur le
comptoir d'étain.

Il est vrai que l'on n'est pas arrivé du premier bond à ces hauteurs d'idéalisation : avant le Dieu tout le monde, nous avions eu comme précurseur le *Dieu des bonnes gens,* patronné et mis en lumière par le vieil amant de Lisette ; brave homme de bon Dieu, ayant le cœur sur la main et, volontiers, un melon sous le bras, dans les grandes chaleurs. Du reste, aimant à rire, pas fier — ce qui est précieux dans ces positions-là — respectueux des trois glorieuses et armé pour défendre ou combattre les institutions de son pays.

Un peu avant, nous avions eu l'Être suprême de Monsieur de Robespierre, à qui nous devons en outre l'immortalité de l'âme.

Enfin, si j'en crois ce parpaillot de Ferou, un nouveau-venu, qui a de grandes chances de succès, pose à l'heure qu'il est sa candidature et on en dit du bien ; il s'agit du *Dieu molécule.*

Hélas ! depuis que l'on a décrété que le ciel était vide, les divinités sortent de terre comme les grenouilles après la pluie. Chacun se fabrique un Dieu à sa convenance, suivant sa fantaisie ; et

18

la seule chose qu'on exige de lui, est qu'il soit docile et peu gênant, car un maître n'est maintenant quelque chose que par sa soumission.

Je me souviens que le vieux chevalier de Koll, qui avait été théophilanthrope au printemps de sa vie et qui, dans les bons jours de sa maturité, dévorait cinquante douzaines d'huîtres — ces deux détails le peignent tout entier — était pris d'émotion vers la troisième douzaine. « Nous ne sommes pas assez reconnaissants, » disait-il « envers l'Être suprême, qui créa le sauterne tout exprès pour nous rendre les huîtres plus savoureuses ! »

Et les convives ne riaient pas. Lui-même paraissait convaincu, au milieu des coquilles, tandis que ses deux grosses lèvres gourmandes frissonnaient doucement.

La platitude humaine est bien grande, mon ami ; c'est l'idée dominante que j'emporte de cette vie.

Et vous venez me dire que les gens d'esprit n'ont pas toujours le sens commun !

Assurément, ils ne l'ont pas toujours ; c'est

leur privilège, c'est leur charme, c'est leur valeur et aussi leur infériorité quand ils sont dans la foule.

Comme je bavarde à l'aventure, quand je suis avec vous, comme je renverse mes tiroirs sans crainte du fouillis.

Ma tisane est froide et j'ai grand sommeil. Bonsoir.

XVII

Je crois qu'ils perdent la tête, ma parole
d'honneur. Ils tucront leurs enfants avec ces
modes anglaises aussi inconvenantes que mal-
saines. Un gouvernement qui se respecte devrait
punir les mères qui obligent leurs petits à se
promener ainsi les jambes nues jusqu'au cou.
Quand j'ai vu arriver ces pauvres petits naufragés, j'ai eu les larmes aux yeux.

Quoique je me sois imposé de ne plus m'étonner de rien, il m'a été impossible de ne pas faire
quelques observations.

— Voyons, Jeanne, ai-je dit avec beaucoup

de calme, est-ce par économie que tu dénudes de la sorte ta progéniture?

Très gentiment, elle m'a ri au nez.

« Mais, grand'maman, c'est la dernière mode! »

Et elle m'a cité nombre de familles très honorables où ces sauvageries sont admises. Il paraît même que l'on y gagne une santé de fer. « ... Ainsi, vous voyez, grand'mère. »

Bonté de Dieu! mais, avec un régime pareil, ces amours n'arriveront pas à maturité. Crois-tu, petite folle, que j'aurais atteint mon âge sans infirmités si j'avais passé ma première jeunesse à montrer ainsi mes jambes. Les enfants des hommes ne sont pas faits pour vivre sans vêtements, et tant que le bon Dieu n'aura pas doté l'espèce humaine d'un cuir résistant et de poils protecteurs, — je n'en serais pas d'ailleurs autrement choquée, — le premier soin d'une mère raisonnable sera d'acheter des bas et des chemises pour mettre à l'abri ses enfants.

— Grand'mère, voyez Adam et Ève.

— Dans les tableaux, oui, mademoiselle,

mais cela prouve tout simplement que les mu
sées sont généralement chauffés.

La jeunesse actuelle est d'une irrévérence
sans nom; c'est une génération d'indépendants,
de protestants; grattez-la quelques peu, et vous
ne trouverez que des émeutiers.

Est-ce que les grands-parents d'autrefois
eussent permis que l'on compromît l'avenir de
leur race par une insuffisance de costume qui
vous donnerait des rhumatismes en plein Séné-
gal!... Outre la morale, dont on n'ose plus parler que tout bas pour ne pas se faire remarquer.
Car, enfin, une femme qui aura passé douze ans
de sa vie les mollets au vent, n'aura jamais
qu'une pudeur péchant par la base, et l'on ne me
fera pas croire... Enfin, je m'entends, je m'entends.

La chose est malheureusement trop claire : on
a horreur de consulter les vieillards. Leur expérience est comme un miroir où l'on se trouve
déformé; et l'on se dit :

« Sont-ce mes imperfections ou celles du miroir qui me défigurent ainsi? Cette expérience

qui décolore mes illusions est-elle la vérité ?
Cette raison qui éteint mon ardeur est-elle bien
la sagesse ? » On n'avale pas d'avance une méde-
cine amère pour prévenir une maladie dont on
ne souffre pas ; cela va sans dire. Pareillement,
on ne demande conseil aux autres qu'à l'heure
où l'on doute de soi. Et ces petits révoltés ne
doutent jamais d'eux.

Nos enfants, devenus grands, sont convaincus
que nous leur sommes inutiles, de sorte que
notre tendresse n'est plus dans leur vie qu'un
superflu, un accessoire ; on dirait qu'ils s'attardent en nous donnant une parcelle de leur cœur
et une miette de leur temps ; il leur faut un effort
pour entendre, sans bâiller, l'écho de notre
passé qu'ils n'ont pas connu ; notre langage, nos
goûts, nos idées ne sont plus les leurs, et puis,
aussi, notre vieux visage n'est plus de ceux qu'on
embrasse gaiement. Quelque effort qu'ils fassent
pour dissimuler leur contrainte, nous la devinons
dans leur moindre caresse, et cela nous atteint
parfois plus durement que ne pourrait le faire un
complet abandon.

Nous n'osons leur dire combien ils nous sont nécessaires, de peur qu'ils ne nous accordent par charité ce que leur cœur ne nous donnerait pas librement.

Nons ne voulons pas mendier leur tendresse en exhibant, comme une plaie, le besoin que nous en avons.

Leur générosité nous effraie presque autant que leur indifférence, et, devenus prudents, nous nous éloignons d'eux, en apparence, afin de ne pas les perdre complètement. Nous nous écartons pour leur faire place, nous nous effaçons dans leur ombre, et nous employons mille ruses pour que cette humilité ne soit une humiliation ni pour eux ni pour nous. Que de diplomatie pour leur cacher notre désapprobation ; que de combats avec nous-même avant de prendre parti contre eux ; comme nous savons demander ce qu'ils souhaitent et refuser ce qu'ils ne voudraient pas accorder ; comme notre tendresse est ingénieuse à ne leur pas déplaire ; comme elle se contraint pour ne leur apparaître que de la façon et dans la mesure qui leur conviennent !

N'allons-nous pas jusqu'à feindre la froideur pour excuser leur indifférence ; n'avons-nous pas le courage de trouver des prétextes pour refuser d'avance leur compagnie, afin qu'ils n'aient point à se repentir de nous l'avoir offerte ?

Ils ont l'indépendance chatouilleuse ; leur caractère n'est pas encore assoupli par les désillusions et les cahots d'une longue vie ; ils sont en pleine possession d'eux-mêmes, au milieu de la carrière ; les ardeurs de la lutte ou les joies du triomphe gonflent un peu leur personnalité ; cela est bien excusable, en somme, et ce n'est pas l'heure, sûrement, de ralentir leur marche en s'accrochant à eux.

Trop occupés d'eux-mêmes pour chercher à nous comprendre, ils nous jugent suivant la formule toute faite :

Si nous sommes silencieux et discrets jusqu'au scrupule, c'est que nos facultés s'éteignent ; si nous ne nous associons pas à toutes leurs illusions, c'est que notre sensibilité s'émousse ; si nous nous tenons à l'écart, c'est que l'égoïsme de l'âge nous détache de toute chose.

19

Ils pensent tout cela, s'ils n'osent le dire...
Mais en vérité, savent-ils au juste ce qu'il y a au
fond de notre cœur, que nous tenons si prudem-
ment fermé, quoi qu'il nous en coûte?

Quand ils nous paient de notre amour, c'est
en respects plus ou moins affectueux, et cette
monnaie n'est pas toujours celle que nous aurions souhaitée...

Sont-ils ingrats? — Eh, non pas : on n'est
ingrat que si on a conscience de sa dette. Et,
d'ailleurs, est-ce bien une dette qu'ils contrac-
tent en se laissant aimer?

Ils n'ont même pas eu à accepter notre tendresse; elle était dans l'air, autour de leur berceau; tout au plus l'ont-ils constatée comme un
fait naturel qu'ils n'avaient pas eu à souhaiter.
Dans tous les cas, ils n'ont jamais songé que cette
affection pût leur faire défaut, et sa perte, si par
hasard cette perte leur venait à l'esprit, ils la
considéreraient comme un accident qui peut mo-
mentanément troubler l'harmonie accoutumée
de la famille, mais ne saurait compromettre leur
bonheur. Bien mieux : il semble d'abord qu'on

monte en grade en prenant la place de ses vieux parents, et, avant de sentir le poids de cette charge nouvelle, on en éprouve une sorte de rehaussement de soi.

Ces sentiments sont instinctifs et peuvent germer dans les meilleurs cœurs. La séparation n'en est pas moins douloureuse : on souffre, assurément, mais on sent que cette souffrance ne sera pas éternelle et se transformera bientôt en un souvenir qui ne sera pas sans douceur. C'est un nuage qui passe.

En somme, on ne nous pleure que d'un œil, nous autres vieillards; comment ne pas le constater?

Pour être équitable, il faut se rappeler aussi que, dans certaines tribus sauvages, on mange encore les vieux guerriers devenus trop faibles pour aller à la guerre. Nous n'en sommes pas encore là; notre sort est relativement beaucoup moins triste... à moins que les tendances utilitaires de la société moderne ne nous amènent peu à peu à ce naturalisme radical, ennemi des non-valeurs.

XVIII

Juliette pourrait encore aller un peu, quoique, en marchant, ses pauvres articulations craquent comme une vieille armoire; mais Flore est au bout de sa carrière, — il me semble même qu'elle l'a dépassée, — de sorte qu'à mon grand regret il faudra renoncer à l'atteler.

Hier, dimanche, en sortant de l'écurie, Flore est tombée doucement sur le sable, et on a eu toutes les peines du monde à la remettre sur ses quatre pattes. Tandis qu'on s'efforçait de la relever à l'aide de sangles et de bonnes paroles, car je n'ai jamais souffert que l'on fouettât cette vieille amie, la pauvre bête regardait de son œil tendre les gens qui l'entouraient, et semblait leur dire :

« De grâce, laissez-moi ; ne suis-je pas bien ainsi pour achever de vivre ? » C'était à fendre le cœur. Et j'entendais Mathurin qui, tout en s'essuyant les yeux, disait aux autres :

« Mon Dieu, quel malheur ! une bête qui ne connaît pas sa force et qui n'a pas sa pareille pour le courage ! En face d'un canon chargé à mitraille, elle ne reculait pas ! les balles, les coups de sabre... rien ne l'arrêtait, et, même, plus c'était dangereux et plus elle était contente. Ah ! mon Dieu, quel malheur ! La voilà qui se meurt : eh bien, elle entendrait dire dans ce moment-ci que l'ennemi est derrière le bois, qu'elle partirait au galop... Je la connais, j'ai vu ce qu'elle sait faire. »

Ce qui est étonnant, c'est que Flore est née à Orchamp, et n'en est jamais sortie, c'est qu'elle est essentiellement paresseuse, — je le dis sans reproche, ce défaut me rassure, — c'est que depuis vingt ans, son unique travail est de me mener à l'église, et que jamais, au grand jamais,

elle n'a entendu parler la poudre, si ce n'est cependant à l'ouverture de la chasse; encore
était-ce de fort loin.

Mais quand on connaît la puissance d'imagination de mon brave Mathurin, il n'y a ni à
s'étonner, ni à le dissuader. Quoi qu'il en soit,
et, par acquit de conscience, je lui ai dit :

« Comment, à ton âge, vieux fou, n'as-tu pas
honte de mentir ainsi ? Tu sais bien que Flore
n'a jamais été à la guerre. »

Il m'a répondu avec beaucoup d'animation et
de sincérité :

« Ça n'est pas à madame la baronne à dépré-
cier une jument qui ne craint personne pour le
courage et n'a jamais reculé devant les plus
grands dangers.

— Qu'est-ce que tu en sais ?

— Ah, madame la baronne, sur la tête du
vieux Mathurin, Flore n'a jamais reculé devant
les plus grands dangers... »

Admettons que Flore ait fait campagne dans
la cervelle de Mathurin, je ne demande pas
mieux; mais, ce qui est sûr, c'est que j'ai grand

besoin d'un nouvel attelage. Ne pourriez-vous me trouver cela, mon cher ami? Il me faudrait deux bons vieillards sans passions, qui s'engageassent à m'attendre avec décence devant l'église, tous les dimanches, pendant une petite heure, au moins. Y a-t-il encore des chevaux dans ces idées-là?

Il serait, en outre, absolument nécessaire que ces deux bêtes fussent au goût de Mathurin. Lorsqu'il ira les essayer, vous pourriez lui dire tout simplement que ces chevaux ont appartenu à quelque vieux général couvert de blessures.

Mon bonhomme serait fou de joie, et ce petit mensonge, essentiellement opportuniste, vous coûterait bien peu. Vous me direz qu'il est monstrueux de faire des concessions semblables à son cocher, et même, autoritaire comme je vous connais, vous ajouterez que mon devoir, à moi, serait de guérir mon domestique de son vice ou de le jeter à la porte.

— Pourquoi pas par la fenêtre? Un vieillard de soixante-cinq ans! vous plaisantez?

D'ailleurs, mon cocher n'est pas un malfaiteur.

Permettez ; c'est un fort honnête homme, incapable de faire un mensonge dans l'espoir d'un
profit matériel... Il y a menteur et menteur, depuis le simple filou qui vous trompe sur le poids
de sa marchandise, jusqu'au héros que Pégase
emporte au plus profond de l'imaginaire. Je
dois avoir dans un coin quelques observations
que j'écrivis autrefois sur les menteurs. J'en ai
connu de charmants et de bien sincères.

Mathurin est de ceux-là : quoiqu'il n'ait jamais
servi, il veut avoir été militaire ; voilà son idée
mère.

Je ne lui connais que ce défaut-là, et, d'ailleurs, est-ce un défaut ? Après tout, voilà
soixante ans qu'il est militaire par le cœur, par
l'esprit, par les goûts, par ses façons, par sa démarche même, car il a, paraît-il, jusqu'à ce
mouvement d'épaules que donne aux soldats
l'habitude de porter le sac. Combien de vieux
troupiers ne sont pas plus troupiers que lui !

Dans vingt batailles où il faisait chaud, il s'est
conduit en héros. Pas une défaillance dans sa
carrière ; tout y est noble et pur. Il est de ceux

qui pleurent en apercevant le drapeau de la France, serait-ce au fronton de la mairie ; et je vous affirme qu'il ne se grise jamais, par respect pour la croix des braves qu'il porte dans son cœur.

Il vaut mieux l'avoir là que sur son habit, après tout.

Ses brillants états de service sont tout à fait imaginaires, cela est certain, mais est-ce une raison pour n'y pas tenir ?

Il n'est pas le premier poète qui ait fait à l'occasion un excellent cocher ; Apollon lui-même menait à ravir, si j'en crois les peintures.

Voulez-vous mon opinion tout entière sur Mathurin ? la voici :

Je l'estime comme cocher parce qu'il ne m'a jamais versée, et je l'admire comme poète, parce qu'il est dans la vérité vraie, cet obstiné menteur.

Oui, mon ami, saluons ces enfants bénis de l'idéal dont la vie se passe à caresser un songe, car ils ne redoutent ni désillusion ni réveil.

Le plus solide des biens de ce monde est un rêve auquel on s'attache et dans lequel on s'oublie.

19.

Les joies sont tout entières dans le désir qu'on en a; être heureux, c'est avoir envie de l'être; rien de plus.

Que serions-nous sans ce don merveilleux ·d'imaginer, de créer des fantômes, d'aspirer à ce qui n'est pas? Que serait la vie sans la possibilité d'en sortir incessamment. Vous vous moquez de Mathurin parce que, dans sa naïveté, il ignore l'art de dissimuler ses émotions et que, de plus, il est doué d'un extérieur débonnaire qui invite à la plaisanterie; mais, en bonne conscience, n'avons-nous pas rencontré dans le monde bon nombre de gens dans la vie desquels l'imaginaire jouait aussi un rôle prépondérant? Faut-il vous rappeler les noms de ces illuminés? Tenez, voici le portrait de l'un d'eux; je me pique de le peindre avec exactitude; le reconnaissez-vous?

Dans les événements de la vie, grands ou petits, ce qui touche d'abord M. de Vatès, — mettons qu'il s'appelle ainsi, — c'est le personnage idéal qu'il doit y jouer.

Un bonheur qui ne serait pas scénique cesserait, pour lui, d'être un bonheur, et, inversement, il accepterait avec reconnaissance un chagrin qui lui fournirait une situation. Surprenez-le tout à coup : si rapidement que vous lui ayez frappé sur l'épaule, il aura le temps de parer sa surprise et son petit *ha!* lui échappera dans la perfection.

Vous le croyez faux? — Point du tout; il ne songe à duper personne et la dernière de ses préoccupations est d'en imposer à autrui; c'est pour gagner sa propre estime qu'il travaille. Le monde ne l'intéresse que comme un cadre nécessaire à sa personnalité, et s'il apprenait que la France a la fièvre, instinctivement il se tâterait le pouls pour savoir au juste ce qu'il en est.

Voilà un homme d'une insensibilité monstrueuse!

Holà, je vous prie, ne le jugez pas légèrement. Il est, au contraire, impressionnable à l'excès, mais il l'est en artiste consommé, en dilettante amoureux des contrastes; il l'est à son heure, après dîner, particulièrement, lorsqu'il est bien assis, le dos au feu et les jambes étendues; c'est alors qu'il aime à parler des misères humaines. Voulez-vous que, spontanément, il donne sa bourse à un pauvre? Faites en sorte que ce pauvre ait des cheveux blancs, le nez aquilin, la main fine, et qu'il grelotte à la porte d'un palais.

Ainsi que tous les poètes de race, il pare tout ce qu'il touche : aurait-il un simple durillon au pied, qu'il sait faire quelque chose de ce petit rien : personne ne boite avec plus de grâce en s'appuyant sur une canne mieux choisie. Ce léger incident, qui rendrait un autre ridicule, lui devient une séduction. Et si l'on s'intéresse à ce bout de rôle si bien joué, il pousse le tact jusqu'à a modestie : « Ne parlons pas, » dit-il, « de cette bagatelle. »

En réalité, l'opinion du public le préoccupe peu, ou du moins il ne cherche à plaire qu'au public imaginaire qui est en lui, et lorsque, seul dans sa chambre, il s'applaudit, c'est comme si l'univers entier battait des mains.

Il eut, l'hiver dernier, un gros rhume qui, pendant huit grands jours, le retint au coin du feu. En un tour de main, sa chambre changea d'aspect : lumière discrète et tamisée, grand fauteuil profond muni d'oreillers ; livres de morale et de piété errant sur le guéridon, petits engins hygiéniques autour de la tisane... partout le recueillement et le calme, si chers à l'homme qui s'éteint.

Au milieu de cette mise en scène irréprochable, M. de Vatès lui-même, entortillé d'une robe de chambre et presque couché parmi les coussins, suce un morceau de jujube en regardant la mort en face, d'un œil calme et résigné.

Car il la voit, cette mort qui fait trembler les plus braves ; il la dévisage comme on dévisage le tigre royal du Jardin des Plantes derrière de bons barreaux solides, comme on observe un ouragan à travers la double vitre d'une chambre bien close où le feu pétille gaiement.

Il se voit mort et y prend un plaisir extrême, quoiqu'il en ait les larmes aux yeux. Outre que cette pensée lui fait mieux sentir le charme de la santé, il trouve dans cette situation nouvelle un effet du dernier piquant ; il se surprend sous un aspect auquel il n'avait pas songé ; sa sensibilité prend le trot, son imagination s'exalte...

Ses amis accourent, se pressent autour de son lit, et il passe une heure charmante à rédiger en lui-même les dernières paroles d'un mourant.

Mais voici le prêtre : M. de Vatès tire les rideaux et allume les cierges. La croix d'argent scintille, l'assistance se prosterne. Il voit les larmes couler, il entend les prières, les regrets, et il prie, regrette comme tout le monde.

« Il était si bon ! » murmure quelqu'un ; « nous le retrouverons au ciel ! »

« Richesse, esprit, talent, rien ne peut donc te toucher, mort cruelle ! Seigneur, reçois-le dans ton sein, » murmure un autre.

Il entend et déguste ces douceurs. Pâle, inerte, les yeux éteints, le visage superbe ; ennobli par ce premier contact de l'autre vie, il s'admire, tandis que le prêtre trace sur son front l'image de la rédemption.

Et cependant il trouve que Pierre, son valet de chambre, n'est pas suffisamment ému en une circonstance aussi solennelle, et il murmure, sans avoir l'air de rien :

« Ne peux-tu pas attendre qu'on m'ait administré complètement pour mettre une bûche au feu, imbécile ! »

Rien ne lui échappe ; il joue tous les rôles à la fois. Il compose son visage, ses allures, son personnage de beau mort, et en même temps se dépose dans le cercueil. Tout à coup une idée lui vient : c'est dans le costume d'un général qu'il veut mourir. Cette perspective lui sourit, et le voilà vêtu : grandes bottes et culotte blanche. Avec recueillement, il dispose ses épaulettes sur la bière, embrasse la poignée de son épée de bataille, court aux pompes funèbres, discute le cérémonial et demande un rabais pour les écussons. Il chante au lutrin, encense le catafalque, pleure au *Dies iræ,* et demande au voisin quel est le personnage que l'on enterre.

— C'est le fameux général de Vatès.

— Ah ! diable, je ne m'étonne plus.

Puis il rentre précipitamment dans le cercueil, car il est partout à la fois, repousse une mèche de cheveux qui fait mal, se bénit, court au coussin où sont déposés ses ordres, y ajoute quelque chose, commande le peloton d'honneur, prévient les croque-morts qui s'oublient au cabaret, fait mettre des boules d'eau chaude dans les voitures de deuil, et, finalement, défilant avec la foule, il arrive devant lui-même, se serre fortement la main et murmure en pleurant :

« Quel affreux malheur ! veuillez croire... »

Voilà pourquoi M. de Vatès est si fort occupé en suçant son jujube.

XIX

Ce brave homme, si comique qu'il soit, diffère bien peu des autres, ce me semble.

Comme lui, nous passons notre existence à nous conter des histoires et nous nous mentons à nous-mêmes comme s'il s'agissait de tromper le voisin.

Qui donc se regarde dans la glace sans sourire; qui donc se pèse sans tricher; quel est celui surtout qui pourrait le faire alors qu'il en aurait envie?

On ne se connaît pas; mais en vérité, personne ne désire faire sa propre connaissance. Nous sommes comme ces acteurs qui conservent leur costume de théâtre sous leur redingote et s'imaginent sérieusement qu'ils président le Conseil des Dix alors qu'ils causent au cabaret.

Si encore ces rêves dont nous nous berçons étaient d'or, comme on dit ; si nous cherchions à oublier les platitudes de la réalité par la fiction d'un idéal plus pur et plus beau ; mais tout au contraire : nous nous consolons du laid par le culte de l'horrible ; ce qui nous séduit avant tout c'est l'étrange ; nous avons soif du monstrueux. Et les arts eux-mêmes obéissent à ces tendances au lieu de leur résister. A en juger par les livres que je reçois de Paris, la littérature en particulier tend à devenir une sorte de Cour des miracles, une étrange exhibition d'infirmités et de plaies, d'autant plus goûtées qu'elles sont plus dégoûtantes. Mais passons. Que nos rêves soient superbes ou misérables, le fait est que nous en vivons : ils sont le pain quotidien de notre esprit.

Pourquoi représenter l'idéal comme un costume de cérémonie aux ramages somptueux, semblable aux robes de *Peau d'Ane,* dont on se

pare aux heures lumineuses de la vie, et qui, à
l'ordinaire, reste caché au fond du tiroir?

Il me semble, au contraire, que l'idéal est un
vêtement de dessous, tellement intime et fami-
lier qu'on oublie de le nommer lorsqu'on
détaille sa toilette.

Et encore, cette comparaison n'est-elle pas
juste: un vêtement nous enveloppe, mais ne
nous pénètre pas, ne fait pas partie de nous-
même, n'est pas l'atmosphère qui nous anime
et nous nourrit.

Or l'idéal est tout cela pour nous.

Considérez la plus insignifiante de vos actions
et voyez de quel travail idéal elle a été précédée
et suivie; écoutons-nous parler: les métaphores,
les comparaisons, les sous-entendus, les images
nous envahissent. Le réel ne se confond pas seulement avec l'imaginaire, il s'y noie, il s'y perd.
Sous chacune de nos paroles se cache un poème
tout entier et nous ne pouvons pas dire un mot
qui soit l'exacte expression de la stricte réalité.

Et d'ailleurs, ce que nous appelons réalité
n'est qu'un certain enchaînement logique dans

nos illusions, une sorte de concordance relative
dans nos fictions. La réalité n'est que la résul-
tante des émotions trompeuses dont nos sensations, plus trompeuses encore, ont été l'origine.
Nous croyons être dans le vrai lorsque le doute
nous paraît impossible, mais l'absence de doute
est précisément ce qui constitue l'erreur.

De toutes les vérités dont nous avons le
vague instinct, la seule que nous puissions constater et mesurer dans la balance de notre esprit,
est celle de nos désirs se succédant sans cesse
et jamais satisfaits.

Les châteaux en Espagne sont les seuls biens
que nous possédions réellement, et notre vie se
passe à démolir pierre à pierre ces palais de
notre jeunesse pour en construire le refuge solitaire qui sera notre tombeau et que l'on appelle
l'expérience.

Je lisais hier que le premier Consul, se promenant un jour à la Malmaison avec madame de
Clermont-Tonnerre, lui dit tout à coup :

— Madame de Clermont-Tonnerre, qu'est-
ce que vous pensez de moi?

— Mais, général... je pense que vous ressemblez à un architecte habile qui ne veut laisser voir le monument qu'il érige que quand il sera entièrement construit. Vous bâtissez derrière un échafaudage que vous ferez tomber lorsque vous aurez fini.

— Oui, Madame, c'est bien cela, lui dit Bonaparte avec vivacité; je ne vis que dans deux ans. »

Nous aussi, nous sommes tout entiers dans l'heure prochaine. La soif de l'imaginaire nous pousse incessamment et la réalité n'est pas pour nous ce qui est, mais bien ce qui devrait être et ce qui sera.

Le plus simple des hommes est double et même triple : il y a en lui un architecte qui combine et dresse des plans innombrables, puis un pauvre petit maçon, toujours en retard, qui taille la pierre de ses outils ébréchés, et enfin un inspecteur somnolent qui, de temps en temps, se réveille et met ses lunettes :

« Tu n'es qu'un fou, » dit-il à l'architecte. Puis, au maçon :

« Tu n'es qu'une bête. »

Dans chacune de nos actions, il y a un fait accompli, appréciable pour tous, sur lequel on nous juge, et un fait rêvé, dont nous seuls avons conscience; il y a le travail de nos mains et le travail de notre âme. Or ce dernier est le seul qui nous tienne véritablement au cœur et puisse donner notre mesure exacte, car aucun obstacle matériel n'en a troublé ou amoindri l'idéale conception.

Voilà pourquoi nous chérissons si fort l'ouvrage souvent pitoyable qui résume pourtant le plus beau de nos rêves. Voilà pourquoi nous sommes si sensibles aux applaudissements qui s'adressent plus à nous qu'à notre œuvre, plus aux efforts de notre esprit qu'au résultat obtenu par nos mains.

Voyez les avocats; ne préfèrent-ils pas une cause mauvaise et perdue d'avance, mais où leur talent brillera d'autant plus, à une autre cause, excellente d'ailleurs, mais dont la limpidité n'exigera d'eux aucun effort et laissera leur éloquence au second plan?

C'est pour une raison analogue qu'une femme sera beaucoup moins touchée par les compliments que vous lui ferez sur sa beauté que par ceux dont sa grâce sera l'objet.

La beauté, en effet, n'est qu'un héritage tombé du ciel au jour de la naissance :

« Je suis belle... Eh, mon Dieu, je le sais bien ; c'est ainsi : est-ce ma faute ? »

Il arrivera même que si le séducteur malhabile insiste le moins du monde, il risque fort de passer pour un impertinent, car ces éloges répétés ressemblent à des arguments, et on ne plaide raisonnablement que là où il y a doute.

La grâce au contraire, la façon de parler, de se vêtir... l'art de plaire, enfin, est un capital acquis en partie et qui demande, pour ne pas se perdre, des soins et des efforts incessants. Aussi les femmes le considèrent-elles comme le plus précieux de tous ; c'est de lui qu'elles sont fières ; c'est à propos de lui que naissent les rivalités et les jalousies.

On accepte une beauté supérieure à la sienne, mais on se brouille le plus souvent avec une

amie qui vous surpasse en coquetterie, car cette
amie-là est seule redoutable.

Être belle, c'est avoir une superbe panoplie
accrochée au mur.

Être charmante, c'est porter ses armes sur
soi et savoir s'en servir. Mais je reviens à mes
moutons quoi qu'il m'en coûte, car j'aime beaucoup à errer ainsi à l'aventure.

Je voulais tout simplement dire que l'individu juge son œuvre d'après le plan imaginaire
qu'il en avait formé, tandis que le public n'estime que le résultat, sans tenir compte de l'intention et, volontiers, se moque d'un grand
effort suivi d'un petit effet.

A ce compte, le public et l'individu doivent
difficilement s'entendre : ils le peuvent d'autant
moins aisément qu'ils sont absolument sincères
et logiques dans leur partialité. Ce qui compli-
que encore les choses c'est que chacun de nous
est à la fois public et individu, et qu'en même
temps, pour ainsi dire, nous nous plaçons à deux
points de vue tout à fait dissemblables pour observer la même action chez nous et chez autrui.

Cet exercice trouble singulièrement. La plupart n'en ont pas conscience, il est vrai, mais quelques-uns s'en aperçoivent, et pour réparer l'injustice, ils tentent de juger les autres comme ils se jugent eux-mêmes et veulent priser du même coup le fait et l'intention, le réel et l'imaginaire.

Cette bonne volonté louable prouve un grand souci de l'équité, mais ne rend pas pour cela strictement équitable.

Se mettre à la place de quelqu'un — ce grand effort qui semble devoir satisfaire la conscience la plus scrupuleuse — n'est en réalité qu'une douce illusion dont on calme ses scrupules.

Se mettre à la place de quelqu'un, c'est s'asseoir sur la chaise de ce quelqu'un et rien de plus ; c'est remplacer la personnalité d'un autre par la sienne propre, mais ce n'est pas confondre les deux personnalités en une seule. En un mot, c'est faire un retour sur soi-même ; c'est fouiller deux fois dans son âme ; ce n'est pas entrer dans l'âme d'autrui.

Les âmes ne se pénètrent pas plus que ne se

pénètrent les corps : elles s'attirent ou se repoussent, se font vibrer mutuellement comme des
timbres qui se frôlent ou se heurtent, mais elles
ne se confondent pas. Et si, par hasard, une foi
commune réunit moralement un grand nombre
d'hommes en une seule masse, c'est à la façon
de ces dunes de sable formées par le vent : que
le vent cesse, qu'un doute survienne, la montagne s'émiette et chaque parcelle reprend son
indépendance... j'allais dire son isolement.

C'est qu'en effet, le plus souvent, l'indépendance que nous souhaitons si fort n'est que le
début de l'isolement dont nous avons si peur, et
il n'est pas besoin de torturer beaucoup le sens
du mot liberté pour en faire le synonyme du mot
faiblesse.

XX

Ferou m'a positivement fait comprendre que si j'avais le malheur de ne pas avoir un pouce opposable aux autres doigts de ma main, je serais... — estropiée? — non pas; je serais simplement une guenon de grande taille. Encore une conséquence de la prise de la Bastille, probablement.

Quant à présent, en dépit de mon pouce, je ne suis qu'un vulgaire mammifère bimane. La science ne peut pas plus pour moi.

J'en prendrais mon parti, si Ferou n'était mammifère et bimane lui aussi, tout comme moi. Embranchement des cuistres, il est vrai, dont je ne suis pas.

C'est d'ailleurs un homme à ne plus voir et je me reproche amèrement les complaisances que j'eus pour ce forcené.

Quand on lui dit que l'homme a une âme, il répond :

« Je le veux bien, mais, scientifiquement, cette hypothèse n'est pas admise. »

Si on lui parle de Dieu, il a une quinte. Pour lui, l'amour est une sécrétion et l'héroïsme un phénomène de digestion ; les idées sont des sensations qui fermentent ! Qu'est-ce maintenant qu'une sensation ? — C'est un mouvement moléculaire, tout bêtement.

Oh ! ce mouvement moléculaire qu'ils mettent à toute sauce m'agace au dernier point ; il fait le pendant pour moi de cette fameuse volonté nationale qui est partout, peut tout, explique tout, mais ne se voit pas, et ne peut jamais être honnêtement constatée.

Il n'est plus rien en ce bas monde qui ne soit maintenant sous l'empire absolu de cette insup-

portable vibration moléculaire. La chaleur, l'élec-
tricité, la lumière, ne sont que des vibrations
moléculaires plus ou moins rapides, et quand
Ferou dit une bêtise, c'est que sa molécule ne
vibre pas comme il faut.

Eh bien, j'admets votre théorie, pour voir un
peu. Je suppose que les molécules de l'éther
s'agitent à raison de cinq cents millions de millions de vibrations par seconde — c'est un prix
fait, comme celui des petits pâtés — et que mon
propre nerf optique, répondant à cet appel em-
pressé, vibre à l'unisson.

C'est là une transmission de vitesse, c'est-à-
dire un fait purement mécanique, semblable à
celui d'un carambolage lorsque deux billes se
sont heurtées. Voilà qui est bien et Ferou est
content.

Mais si cette vibration de mon nerf optique a
pour étrange effet de me faire voir rouge, il est
clair qu'il s'est produit un fait nouveau que ne
peuvent expliquer les propriétés de la matière; il
y a eu manifestation de mon individualité; j'ai
rendu autre chose que ce que j'avais reçu; je n'ai

pas été purement passive; j'ai créé une image immatérielle sous l'influence inexplicable d'un phénomène matériel.

Si maintenant je m'arrête devant ce fantôme qui est mon œuvre, si, après l'avoir observé, je porte un jugement sur lui, si je le trouve triste ou gai, beau ou laid, il y a très positivement émotion, sentiment.

Il me semble donc, à moi, que la sensation participe à la fois du phénomène physique et du phénomène moral; elle est le lien mystérieux qui les réunit l'un à l'autre; c'est l'opération merveilleuse qui immatérialise la matière et la rend perceptible pour notre esprit. C'est la trans-formation nécessaire que doit subir le monde extérieur avant de pénétrer dans notre âme, car c'est en elle seulement que nous en avons cons-cience de ce monde extérieur; si bien que de tous nos contacts matériels avec lui, les émo-tions morales qui en résultent sont, en fin de compte, les seules traces durables dont nous conservions le souvenir, les seuls documents qui nous restent sur la nature physique.

Nos sens sont des outils dont notre âme tient le manche. De tout ce qui nous entoure, nous ne voyons que le reflet, nous n'entendons que l'écho, et ce que nous appelons la réalité n'est que l'apparence souvent trompeuse que notre être moral en a perçue.

Cela me rappelle cette fameuse scène du *Mariage forcé* où la réalité des coups de bâton est mise en discussion d'une façon si comique. Sganarelle, l'homme pratique, aura toujours les rieurs pour lui, mais le philosophe Marphorius n'a pas tout à fait tort, à mon avis du moins.

Si le cœur ou l'esprit n'ont pas été émus, la sensation la plus violente ne fait qu'agiter la surface et se perd aussitôt dans les couches extérieures de notre être. En sorte que plus une sensation est physique et se rapproche de la vibration moléculaire, moins elle laisse de traces en vous. Autrement dit :

Elle est d'autant plus fugitive, négligeable et imaginaire — passez-moi le mot — qu'elle est plus matériellement réelle et physiquement vraie.

Les phénomènes physiques n'ont d'impor-

tance que par leurs conséquences morales;
voilà ce qui est évident.

L'homme est une âme qui use un corps; il
faut pourtant avoir la franchise de l'avouer.

Prenez la sensation physique la plus indiscutable : la douleur que cause une opération chi-
rurgicale, par exemple. Eh bien, si grande qu'ait
été votre souffrance physique, veuillez constater
que, quelque temps après, il vous est absolument
impossible d'en faire renaître l'impression et d'en
réveiller le souvenir. Ce que vous vous rappelez
nettement, d'une façon saisissante, c'est l'émotion qui a précédé l'opération, c'est l'inquiétude,
l'angoisse morale qui s'est emparée de vous
lorsque le chirurgien a retroussé sa manche et
exhibé son instrument; et une fois la lame entrée dans les chairs, c'est l'énergie qu'il vous a
fallu déployer pour ne pas crier; c'est aussi la
crainte de ne plus être maître de vous si la douleur augmentait encore. Ce que vous vous rappelez enfin, c'est tout un monde de pensées et
d'émotions qui se sont groupées autour de cette
sensation physique absolument éteinte mainte

nant, et que vous chercheriez vainement à faire revivre.

Or, ce que je viens de dire serait tout aussi vrai si, au lieu d'être pénible, la sensation était délicieuse. Dépouillez soigneusement cette dernière de toute l'efflorescence sentimentale dont vous l'avez entourée et voyez ce qui reste.

Que d'impressions physiques passent inaperçues, si l'âme *préoccupée* — comme il exprime bien ce qu'il veut dire, ce joli mot — ... si l'âme préoccupée n'a pas eu le temps ou le loisir de s'y arrêter. Un homme qui se bat n'est-il pas insensible aux coups de sabre? Le martyr, au milieu des tortures, s'écrie : Mon Dieu, pardonnez-moi mes fautes! » et sourit au bourreau.

Sans être héroïque — je n'en ai nullement la prétention — il m'est arrivé d'observer les progrès d'une douleur physique que je ressentais : — Malheureusement, mes affreux rhumatismes ne m'ont que trop souvent fourni l'occasion de faire cette expérience-là — je jugeais les nuances de cette douleur; je sentais parfaitement qu'il s'agissait là d'un phénomène extérieur, désagréable à

coup sûr, mais que, dans certaines limites, on
pouvait observer avec le sang-froid d'un chimiste
qui regarde dans une éprouvette.

D'autre part, j'embrasse une feuille de rose,
puis la joue de mon petit enfant. Matériellement,
il y a similitude entre les deux contacts. Ferou
me prouvera-t-il que, scientifiquement, mon
cœur a tort de faire une différence entre ces deux
baisers ?

La sensation physique n'est qu'un prétexte,
et, suivant que notre âme s'y attarde ou la né-
glige, elle l'exalte jusqu'au délire ou l'atténue
jusqu'à l'effacer.

J'ai pensé souvent que l'âme humaine est
composée de zones concentriques, et de plus en
plus pures à mesure qu'elles sont plus proches
du centre. Ainsi qu'une ville, l'âme a ses parties extérieures, ses faubourgs bruyants et popu-
leux, encombrés de cabarets et de magasins où
s'empilent des matières premières de toute
espèce et de toute provenance. Là, grouille une
foule avide, ignorante, vivant la bouche ouverte,
le gosier sec, et toujours prête à la gloutonnerie.

Petit monde que tout cela; c'est la basse âme. A certaines heures on se promène beaucoup dans ces régions excentriques; on s'y encanaille et parfois on s'y grise au point d'oublier son adresse et de ne plus pouvoir rentrer chez soi.

Mais après ces faubourgs est une région moins bestiale, sinon moins bruyante, c'est celle du trafic et des affaires; on n'y vit pas uniquement par les sens, mais la population qui y habite est bavarde, frondeuse, faubourienne de naissance et, suivant l'heure et la circonstance, se targue de cette origine ou s'en défend comme d'une honte.

Enfin, après avoir traversé cette zone commerciale on arrive dans un quartier silencieux et recueilli : point de boutiques, point de foule affairée. C'est là qu'on pense, c'est là qu'on vit; c'est là aussi, parmi les demeures honnêtes, que se dresse le donjon où la reine se recueille, juge et prie. Cette reine, c'est la conscience. Je m'imagine ainsi l'âme humaine.

Je ne sais pourquoi ces questions, que tant de gens trouveraient insignifiantes, m'intéressent si fort et pourquoi j'y reviens malgré moi.

Est-ce l'âge qui, en raccourcissant la corde où nous sommes attachés, nous rend plus curieux de nos entours? Est-ce l'hiver simplement qui nous fait rentrer en nous-mêmes comme les hérissons lorsque l'ennemi approche?

Entre les vieux meneaux de ma fenêtre, j'aperçois comme en un cadre profond la campagne dépouillée, grave et superbe dans son grand deuil. La rivière débordée semble un cimeterre étincelant jeté sur un manteau sombre et, dans les profondeurs de l'horizon, les noires collines se déroulent gravement et se confondent avec les montagnes du ciel que le vent de la mer emporte et ramène incessamment.

Pas une cabane, pas un clocher dans ces espaces infinis que parfois traverse un escadron de corbeaux avec des croassements, lugubres comme un lendemain de bataille.

Je ne sais rien de plus grandiose et de plus imposant.

Mais en vérité, n'est-ce pas uniquement par l'émotion qu'il fait naître en moi, par les pensées qu'il me suggère, que ce spectacle me touche, m'attire et me retient? Que m'importerait l'analyse plus ou moins exacte des couleurs diverses qui nuancent ce tableau; que me ferait la description géométrique des formes étranges qu'affectent ces nuages? De quel intérêt serait pour moi l'inventaire scrupuleux de tous les accidents physiques qui sont là, sous mes yeux? Et comment s'est-il trouvé des gens pour croire que la nature pouvait être quelque chose en dehors de l'émotion qu'elle nous cause?

Que viennent-ils nous parler de réalité; de laquelle s'agit-il? Il y a la réalité matérielle qui nous est étrangère, extérieure, qui nous entoure sans nous pénétrer et peut nous écraser sans nous convaincre; mais il y a aussi la réalité morale, celle de nos émotions, qui n'a rien de commun avec la précédente, quoiqu'elle en soit parfois la conséquence, et c'est cette dernière qui est la vraie pour nous.

Encore une fois, c'est dans le miroir de notre

âme que nous regardons le monde qui nous entoure; la réalité matérielle n'est réelle pour nous que par le fantôme immatériel que nous lui substituons.

Et cela est si vrai, que nous confondons nos émotions avec les choses mêmes qui en ont été le prétexte. Nous animons ces choses de notre propre vie, et il nous semble alors que, devenues sensibles, elles nous attirent et nous persuadent.

Ne disons-nous pas qu'une forme est élégante, gracieuse; qu'il y a de l'énergie dans telle coloration? C'est ce caractère dont nous animons la matière qui nous la rend perceptible et nous permet de la décrire. Il est aussi impossible d'expliquer un sourire par les contractions diverses des muscles de la face que de raconter un bas-relief de Jean Goujon par l'énumération de ses creux et de ses saillies.

L'artiste a laissé là quelque chose de son âme qui défie l'analyse, et c'est ce quelque chose qu'à des siècles de distance nous retrouvons dans la pierre rongée et qui nous émeut.

Plus solides que le marbre et le bronze, les pensées et les sentiments persistent ; ils échappent aux ruines matérielles d'une société qui s'éteint, et flottent, planent dans l'espace comme des germes invisibles, n'attendant qu'une âme pour être recueillis et fécondés.

Tout se retrouverait si l'on pouvait chercher. Les grains de blé trouvés dans le tombeau des Pharaons fructifient si nous les mettons en terre. Ce que nous croyons mort, sommeille et attend. Les premiers hommes qui ont pleuré dans le monde nous ont transmis leurs larmes comme des diamants de famille, et je m'imagine qu'il n'est pas une de nos joies ou de nos peines qui n'ait servi de toute éternité.

Ferou d'ailleurs se moque de moi :

— Mais, madame la baronne, me dit-il, en dépit de toute cette sentimentalité qui ne me surprend pas, étant données les poétiques aspirations de votre cœur et de votre esprit, » — il a cela pour lui de rester toujours assez poli alors même qu'il devient monstrueux, — « vous ne ferez pas que cette réalité matérielle, n'aurait-elle aucun caractère artistique ou sentimental, ne s'impose pas à nous par cela seul qu'elle existe.

— Et comment savons-nous qu'elle existe?

— Nous la voyons, nous la touchons, j'imagine?

— Mais si nous ne pouvions ni la toucher ni la voir; si un corps n'avait ni cohésion, ni couleur, s'il n'était ni lourd, ni léger, ni chaud, ni froid, n'est-il pas vrai que ce corps passerait absolument inaperçu et serait comme s'il n'existait pas?

— Assurément, madame la baronne.

— Je vous rends grâce. L'attraction moléculaire, la lumière, la pesanteur, la chaleur, sont donc des agents absolument indispensables à la réalité apparente de la matière? Et que sont ces agents ?

— Ce sont des forces.

— Et ces forces ne sont pas choses matérielles, n'est-il pas vrai?

— Assurément non, madame la baronne.

— Donc la matière n'existe pour nous que par le fait des principes immatériels qui la constituent. C'est assez original, cela. Mais qui dit force dit puissance, dit volonté. En sorte que c'est à l'heure où cette volonté se manifesta que la matière fut. Il est même impossible de comprendre qu'il en puisse être autrement, vous venez de l'avouer. Or, dans votre bouche, cette approbation de la Genèse a un grand poids, mon cher ami. »

Si avant que l'on fouille dans le monde moral ou dans le monde physique, c'est donc à une pensée divine que l'on s'arrête. Un philosophe botaniste a dit que le végétal était de l'air condensé. Ne pourrait-on pas ajouter que la matière est la volonté de Dieu rendue perceptible pour nos sens?

La science humaine, qui a la prétention de

baser ses calculs sur des données certaines et palpables, fait tout naturellement passer le corps qui se pèse avant l'âme qui ne se pèse pas, le nombre matériel qui se traduit par un chiffre avant la valeur morale qui ne saurait s'exprimer en signes connus. Elle nie d'ordinaire tout ce qui dépasse le petit cercle de ses expériences et, volontiers, repousse l'homme dans la famille des singes, pour simplifier les choses et diminuer ses embarras.

Je dis à Ferou, qui me soutenait précisément cette thèse de l'homme-singe :

— A ce compte, docteur, vous raisonneriez comme une bête?

J'étais logique; il s'en alla furieux.

L'homme ne se contente pas d'être plus délicatement impressionnable que les autres êtres; il ne se contente pas d'être le premier des animaux par l'intensité de ses peines et de ses joies.

Il est plus grand que cela.

Non seulement il peut être ému, mais il peut aussi évoquer l'image de ses émotions, se détacher d'elles pour les dominer et les mieux juger ; il peut les dépouiller de toutes les particularités qui les rattachaient à lui, en extraire l'essence impersonnelle, en déduire la synthèse, les réduire à l'idée pure, et de cette façon être à la fois en lui et en dehors de lui.

L'homme peut penser enfin.

Alors, il voit s'ouvrir l'immensité d'un monde sans limites ; sa personnalité s'épure et s'élève ; il a conscience d'une parenté divine qui l'ennoblit, l'attire, et, dans l'humilité de son impuissance, il sent qu'il est fils du Dieu qui peut tout.

Et quand il serait vrai que nos relations avec le monde extérieur sont, en effet, l'origine de toutes nos pensées, que les phénomènes de notre vie morale ont pour cause unique nos propres sensations, et qu'en partant du premier frisson de l'animal, de la vibration moléculaire, on peut arriver, par des transitions successives et complaisantes, à l'idée la plus abstraite ; qu'importerait tout cela ?

Quand il serait vrai que les sensations sont

aussi nécessaires à l'idée que le grain de blé l'est
à la farine ; qu'importe encore ? Il n'est pas non
plus de farine sans moulin, et c'est le moulin qui
nous intéresse.

Même en admettant les théories matérialistes
les plus étroites, et à ne considérer nos idées
que comme les produits naturels de réactions
purement physiques, comment ne pas se demander quelle est la volonté qui préside à ces
incessantes réactions ? Quelle est cette puissance
irrésistible qui nous pousse ainsi à sortir de nous-
même, à convertir les phénomènes physiques et
moraux qui constituent notre individualité en
idées impersonnelles ? Qui nous pousse à com-
biner entre elles ces idées, à en tirer des conséquences plus impersonnelles encore ? Quel est le
but de cette vie idéale qui nous absorbe ; pourquoi ces épurations successives ; pourquoi ces
recherches involontaires, ces désirs irrésistibles
qui, dans les sciences, en morale, en religion,
partout enfin, font frissonner l'humanité ? Que
ne restons-nous calmes et repus dans le chaos
des sensations et des émotions animales ? D'où

nous vient le besoin de sortir de ce fouillis ? Pourquoi tendre incessamment vers le principe, aspirer à la cause ?

Quel est-il donc ce foyer de toute vérité qui, à travers l'inconnu, nous attire, et vers lequel notre âme se précipite avec de telles ardeurs, qu'elle semble retourner à sa source ?

XXI

Les grand'mamans ne s'improvisent pas. Il
faut, pour en arriver à porter l'épaulette, que la
femme ait vieilli sous le drapeau de la famille,
qu'elle ait eu une mère, un mari, des enfants,
que tous les sentiments de la vie se soient succédé dans leur ordre logique et sain.

La tendresse de la vieille femme n'est pas un
sentiment nouveau : c'est un ensemble, une harmonie où l'on retrouve l'écho de toutes les
émotions qui ont rempli sa vie.

Les dernières heures résument l'existence
entière. La vie, en approchant de sa fin, ne s'ef-

face pas peu à peu comme un horizon que voile
le crépuscule. Elle apparaît, au contraire, dans
son ensemble, se dépouille de ses nuages et
vous saisit par sa netteté. On ne peut échapper
à cet inventaire final; il faut, bon gré, mal gré,
compter sa fortune, contempler sa récolte et se
juger devant Dieu.

Est-elle bien juste, cette image qui nous représente le milieu de la carrière humaine comme
le point culminant d'une pyramide ? On descend
dans la vie bien plutôt qu'on y monte; c'est en
bas qu'est la lutte enfiévrée, dans le demi-jour
et l'espace restreint. Et puis, après l'épreuve,
l'homme fatigué remonte la colline et, de son
dernier regard, embrasse la vallée.

Hier, mon fils aîné, mon Robert, est venu me
voir, et, comme nous étions seuls, il s'est assis
de lui-même, tout près de mon fauteuil, sur un
petit tabouret; et il m'eût été bien facile de lui
prendre la tête dans mes deux mains, comme
autrefois. Je m'en suis gardée. Plus la tendresse
est grande et plus elle doit être discrète : il est si
facile d'être importun en se jetant au cou des

gens! Les vieilles mamans, en fait de caresses, ne doivent donner que ce qu'on leur demande. Car les bébés dont les cheveux grisonnent ne se dorlotent plus comme des poupons; il faut attendre qu'ils vous y invitent, que les portes soient closes, et qu'un souvenir d'autrefois les ait par hasard un peu troublés. Comme elles sont rares ces effusions où, de part et d'autre, on oublie son âge, où le colonel avec ses cicatrices, son grand air et ses éperons, s'oublie dans les bras de sa vieille nourrice! Si son régiment, si sa femme le voyaient!

Il était donc là, causant gaiement de mille choses, mais à la façon dont il me regardait, je vis qu'il me trouvait bien changée depuis sa dernière visite. Et, en effet, je m'affaiblis beaucoup. Il constatait qu'il faudra bientôt nous dire adieu; et, sans doute, il se reprochait aussi de penser à tout cela pour la première fois. Oui vraiment, il se faisait des reproches, brave et digne cœur! Comme si tout cela n'était pas naturel; comme si les jeunes qui arrivent avaient le temps et le loisir de songer aux vieux qui s'en vont! Quand de tous les coins de l'horizon l'avenir vous appelle et vous sourit, est-ce qu'il est possible de s'abstraire et de sortir de soi? On ne peut être à la fois en été et en hiver; jouer son rôle et juger la pièce. Les ardeurs de la vie emplissent le cœur et l'esprit. Tout l'équipage est à la manœuvre; c'est qu'il fait grand vent, que le navire va vite et que l'orage peut menacer. Cet équipage est-il donc égoïste de ne songer qu'à la marche de son vaisseau? N'est-ce pas plutôt nous autres vieillards qui sommes partiaux et aveugles lorsque nous reprochons à nos enfants de ne point aller notre pas et de ne pas voir avec nos yeux?

Je pensais tout cela, mais je n'osais le lui dire, de peur qu'il ne s'aperçût que je l'avais deviné.

A un certain moment, ses lèvres eurent je ne sais quel mouvement imperceptible qui me rappela l'expression de son visage, alors qu'étant enfant il avait du chagrin.

Je regardai ses yeux, ils étaient humides... Je me mis à tisonner et nous restâmes ainsi sans dire un mot, tandis que nos cœurs se gonflaient et que nos regards s'évitaient.

Tout à coup, il se leva, m'enlaça de ses deux bras robustes et fondit en larmes.

— Ma chérie, disait-il au milieu des sanglots, ma vieille maman chérie !

Il n'avait pas prononcé ce mot-là depuis trente ans peut-être !

Est-il possible qu'il ait jamais donné d'autres baisers aussi émus que ceux-là ? Pour moi, je ne connais pas de bonheur comparable à celui que j'éprouvai dans ce court moment. Une chose m'affligeait cependant, c'est que les larmes de mon garçon chéri fussent la cause de ma dernière joie.

Mais elles se sécheront bien vite, ces bonnes larmes. Ta douleur ne sera qu'un nuage qui passe, mon amour. Le ciel a voulu que la mort d'une mère ne fût pas un désespoir de longue durée, afin que la tendresse maternelle restât toujours, et même dans le souvenir, le baume sans amertume qui calme, console et fortifie.

Tu me reviendras, tu revivras ta jeunesse, et

cela précisément à l'heure où tes enfants s'éloigneront de toi. Le passé, vois-tu bien, est comme ces échos qui ne sont sonores qu'à distance et dont il faut s'écarter pour les percevoir nettement.

A mesure que l'on s'avance dans la vie, la marche devient plus prudente; on regarde où l'on met les pieds et l'on retrouve à terre la trace des pas de ceux qui vous ont précédé.

On redevient fils en achevant d'être père. L'amour paternel évoque si bien le souvenir de la tendresse filiale, qu'à certains moments il semble se confondre avec elle ; et c'est ainsi que l'anneau de notre vie se soude en enlaçant l'anneau voisin.

Les chagrins que nous causons aux autres sont des pelletées de terre que nous jetons par avance sur nous-mêmes. Si notre vie a été un fardeau pour autrui, notre mort sera une délivrance ; voilà ce qui est sûr. Mais aussi, le bien que nous avons lait à nos enfants et à nos amis, la tendresse que nous leur avons témoignée nous feront surnager dans leur souvenir.

On n'oublie pas complètement ceux qui vous ont aimés : aux heures de la souffrance, on les revoit, on les retrouve et l'on se réfugie dans leur cœur comme on se réfugiait autrefois dans leurs bras.

La mémoire d'une bonne vie, alors même qu'on va quitter ce monde, est une bien douce joie, et si le regret s'y mêle un peu, ce n'est pas pour y ajouter l'amertume, mais bien plutôt pour en faciliter le souvenir.

Que sert de se désespérer? Ce n'est pas la mort qui est cruelle; c'est la crainte qu'on en a.

La mort vient toujours en son temps; elle termine une vie qui ne pouvait pas durer davantage; elle dénoue des liens qui se rompaient d'eux-mêmes; elle endort doucement ceux qu'une vieillesse saine a bercés.

Il n'y a là ni injustice, ni violence, ni erreur : c'est la loi de Dieu qui nous mit au monde, c'est elle aussi qui nous en retire. Tous ont subi cette loi nécessaire et, quand on y pense, le plus cruel des châtiments serait d'en être exempt.

Peut-on se plaindre, d'ailleurs, quand les enfants sont là pour vous fermer les yeux et qu'on s'affaisse comme le vieil arbre, à l'ombre bien-aimée de ses propres rejetons.

Il faut se dire que la vie n'est pas une propriété dont nous pouvons user arbitrairement, mais bien un usufruit, dont nous avons hérité et qu'il nous faut transmettre.

Il semble à certains moments que les derniers souffles qui s'échappent de nous aillent animer un nouvel être. Que de fois, ayant sur mes genoux l'un de mes petits-enfants, cette pensée m'est venue à l'esprit! Je me disais :

Cède ta place, vieille grand'mère, pour que le petit être qui est là puisse s'épanouir à l'aise. Les forces qui t'abandonnent passent en lui et l'animent; tu meurs pour qu'il vive... Cède ta place, grand'maman. Qui sait si tu n'es pas un peu en retard.

Ce qui est merveilleux, c'est que la Providence ait disposé toute chose pour l'exécution douce et facile de ses décrets, et que telle pensée, qui vingt ans plus tôt eût causé notre désespoir, perde peu à peu son amertume et devienne à l'heure précise une consolation.

FIN.

www.ingramcontent.com/pod-product-compliance
Lightning Source LLC
Chambersburg PA
CBHW050308030726
47505CB00003B/618